小学館文庫

猫に嫁入り
〜常しえの恋唄〜

沖田 円

小学館

もくじ

第一話　過ぐる日からの訪問者　7

第二話　大鳥居の向こう側　79

第三話　軌跡を辿る旅路　143

第四話　常しえの恋唄　201

――本書のプロフィール――

本書は書き下ろしです。

飼い猫は、愛《いと》しい相手に贈るための羽織を縫っている、主人の姿を見ていた。

主人が使っている生地は、幽世《かくりよ》にしか生えない珍かな植物から紡いだ糸で織られたもので、千年経《た》っても朽ちることなく、美しいまま残るのだという。

主人は、その羽織が遥《はる》かな時の果てまでも愛しい者のそばに在るよう祈り、針を刺した。その姿を見ていた飼い猫が、自分も別れの際には何か残るものを相手に渡そうと心に決めたほど、懸命に、大切に、ひと針ひと針に心を込めていた。

――この羽織を見て、あのひとは、わたしを思い出してくれるかしら。

隣であくびをする二股の尾の飼い猫に、主人は幾度とそう言った。

――長い長い時を生きるあやかしにとっては、わたしと過ごした日々なんて瞬《まばた》きをする間のように短いものだろうから。

時折手を止め、出産の時の近づいた大きな腹を撫《な》でる。その主人の表情は、心底優しく、それでいてどこか少し、悲しみを滲《にじ》ませてもいたのだった。

――きっとわたしのことなどすぐに忘れてしまうでしょう。でもね、忘れてもいいの。ただ時々、本当に時々、遠い先の世で、思い出してくれれば。

あやかしにとって、人と共に過ごす時間がどういうものであるのか。そのときにはまだ飼い猫は二十年余りしか生きていなかったからわからなかった。けれど、あれから千年の時が経った今ならわかる。

忘れられるはずもない。

刹那に過ぎたあの日々は、まるで瞬く間に激しく光る稲妻のようだった。熱く深く胸の中心に焼き付き、いつまでも消えない痕を残した。懐かしむことすらない。かつての熱も、匂いも、わずかも色褪《いろあ》せず心に在り続けているのだから。

――ねえ、燐《りん》。

飼い猫は今も、主の顔を、匂いを、声を、はっきりと憶《おぼ》えていた。この先も忘れることは決してない。

そう。そしてきっと、彼《か》の者も。

もう戻らぬ愛しい記憶を今も抱いているのだろう。この世のどこかで永遠にも似た、長い時を生きながら。

第一話
過ぐる日からの訪問者

人とあやかしが共に暮らす現世《うつしよ》と、あやかしのみが棲《す》まう幽世との間には、ふたつの世界を隔てる大きく強固な門がある。

真っ赤な鳥居の形をしたその門は〈幽世の門〉と呼ばれ、千年前に、一体の鬼とひとりの人間とによりつくられたものである。

幽世の門を通りふたつの世を行き来するには、門を管理している管理番の許可がいる。現世側の管理番は燐という名の猫又。現世から幽世へ渡りたいあやかしは、燐の屋敷にある帳場を通り許可を得たのち、幽世へと向かうことができる。

とはいえ、現世から幽世へ行く場合はよほどのことがない限り許可が下りる。反対に、幽世から現世へ渡るには、よほどのことがない限り許可が出ることはなかった。

なぜならば、幽世には凶悪なあやかしが多く存在するから。人や弱いあやかしを襲うそれらが決して現世へ放たれることのないよう、門の出入りは厳しく管理されているのである。

そう、幽世の門は、ふたつの世界を隔てる扉であり、また、現世の安寧を守るための堅い防壁でもあるのだった。

「それでは、お気をつけて」

さて、今日も一体のあやかしが幽世へと向かった。見送るのは、幽世の門の管理番である猫又の燐と、燐の仕事を手伝っている、妻の弥琴《みこと》だ。

ごくごく平凡な人間であり、ごくごく普通の元社畜である弥琴が燐に嫁入りし、早半年。奇妙な縁で始まったこの生活にもすっかり慣れ、弥琴はあやかしの夫、そしてあやかしの隣人たちとの暮らしをのんびりと満喫しているのであった。

「もう日が暮れる。今日は店仕舞いとしよう」

幽世の門を通ったあやかしの姿が見えなくなったところで、燐が両手を上げて背中を伸ばした。同時に、羽織の下から伸びる先の分かれた尻尾もぴんと真っ直《まっす》ぐ持ち上がる。

猫又である燐は、普段は猫ではなく人の姿をしていた。しかし人型をとっているときでも、常に猫耳と尻尾だけは生やしている。本人曰《いわ》く、ないとどうにも落ち着かないという。

見惚《みほ》れるほどの顔立ちをして、所作にも品がある燐には『美しい』という形容がよく似合う。しかし弥琴は燐の猫らしい部分に対し、密《ひそ》かに『可愛《かわい》い』とも思っていた。もちろんこれは、燐には内緒である。

「燐さん、今夜の夕飯はどうします？」

「そうだな……しばらく家で食っていたから、久しぶりに横丁で食おうか」

「いいですね。そうしましょう」

踵《きびす》を返し、裏玄関から帳場に戻る。座敷を挟んだ先にある表玄関の向こうから、明るい囃子《はやし》の音が聞こえていた。黄泉路横丁《よみじよこちょう》で毎夜恒例の宴が開始されたのだ。

「腹が減ったな。さっさと片して飯にしよう」

「はい。わたしもおなかぺこぺこです」

座敷へ上がり、仕事道具や出しっぱなしだった茶器類を手分けして片付けた。最後に燐が出入帖《でいりちょう》を棚に仕舞い、さてと、と出かけようとしたところで、弥琴は「あ」と思い出し声を上げる。

「そういえば、ちょうど完成したんだった」

「ん？」

邪魔にならないよう隅に置いていた籐《とう》の箱を引っ張り出す。箱の中身は、弥琴が趣味でやっている編みぐるみ作りの材料である。

管理番という仕事は、重要でありながら、実は暇な時間も多い。幽世と現世とを行き来するあやかしは多くなく、一日に一体も来ない日も珍しくはないほどだ。

そのため、弥琴は何もすることがない時間にこそこそと編みぐるみ制作をしていた。

祖母から編み方を教わったのは随分前のことであり、やり方を思い出すのには時間がかかったが、最近ようやく形にすることができてきたのである。

「ああ。先ほどのあやかしが来る直前、そんなことを言っていたな。どれ、どんなものを作ったんだ？」

覗《のぞ》き込む燐に、弥琴は手の上に載せたふたつの編みぐるみを見せた。真っ白な犬の形をしていて、片方は赤、もう片方は青のバンダナを首に巻いている。赤いほうはぴんと立った尻尾、青いほうは小さくはみ出た舌がチャームポイントだ。

「これは……タロとジロか」

「ふふ、大正解です」

燐の屋敷で共に暮らしているタロとジロは、白いふわふわの毛並みが可愛い中型犬だ。一見普通の犬のように見えるが、かつては神社を守護していた狛犬《こまいぬ》であり、今もささやかながら、あやかしの持つ力とは違う、神聖な神力を纏《まと》っている。

「何を作ろうかなって考えて、まずはタロとジロにしようって決めたんです。二匹とも完成したら燐さんに見せようと思っていて」

「ああ、よくできているじゃないか。可愛らしいな」

燐は二個の編みぐるみを手に取ると、来客時に使っている机の上に並べた。「よし」と言っているところを見るに、そこに置いておくことに決めたようだ。

「あの、燐さん。そこだとお仕事の邪魔になりませんか？」

「大丈夫だ。それに殺風景だなと常々思っていたから、ちょうどいい」

「燐さんがいいならいいんですけど……」

その場所では、帳場に訪れたあやかしたちに拙い処女作を見られることになってしまう。考えただけで恥ずかしい。が、満足げな燐を見ていると「場所を変えてくれ」とはとても言い出せなかった。諦めて、まあいいか、と弥琴は思うことにする。

「これはただの羊毛か？」

燐が指先で編みぐるみをつつく。

「はい。普通のやつですよ。人間の手芸屋さんで買ってきた毛糸ですから」

「そうか。ならすぐに古びてしまうな」

「すぐに、というほどではないと思いますけど……」

あやかしに長寿の者が多いように、あやかしの世では、物も長い間綺麗《きれい》な姿を保ち続ける。帳場にある出入帖などはその最たるもの。幽世の門を行き来するあやかしたちの名を記した冊子は、古くは千年前の物からあるが、現在に至っても朽ちるどころか色褪せてすらいなかった。

そんなものと比べれば、確かにこの人形はあっという間に姿を変えてしまうのだろう。人とあやかしの時間の流れは随分と違う。

「古くなったら、わたしがまた作ります」

顔を上げた燐に笑いかける。すると燐も表情を和らげ「そうだな」と頷《うなず》いた。

「さあ、ごはんを食べに行きましょう」

「ああ」

帳場の表玄関を出て、屋敷の数寄屋門まで続く飛び石を、共に下駄《げた》を鳴らしながら歩いていく。

鮮やかに色づく提灯《ちょうちん》の列が見え、すぐに美味《おい》しそうな匂いが漂ってきた。弥琴は今にも鳴りそうなお腹《なか》に思わず両手を寄せた。

そのとき、ふいに燐が立ち止まる。

弥琴も足を止め振り返った。燐は耳の先をぴくりと動かし、何かを探すように空を見ている。

（なんだろう、何かあるのかな？）

真似《まね》して見上げてみるが、何もない。空は夜に染まり、横丁の煌々《こうこう》とした灯《あか》りに照らされ、その向こうには星が昇るばかりだ。

それでも燐の目は、見えないものを見るかのように丸く見開かれている。

「この音は……」

息を吐くようなかすかな声で、燐がそう呟《つぶや》いた。

「燐さん？　どうかしたんですか」

「……いや」

　やや間を置いてそう答え、燐はふたたび歩き出す。

「なんでもない。気のせいだ」

「そうですか？」

「ほら、行こう。弥琴の腹の虫が鳴いている」

　弥琴は首を傾《かし》げたが、燐の様子は確かになんでもないふうであったし、燐の言うとおり腹の音が大きく響いていた。だから弥琴も特に気にすることはなく、先を行く燐のあとを追いかけた。

　提灯の点《つ》いた黄泉路横丁では、大勢のあやかしたちが外に出て、飲めや歌えやのお祭り騒ぎを繰り広げていた。

　黄泉路横丁とは、燐の屋敷から、横丁と外の世界とを繋《つな》ぐ『大門』までの、真っ直ぐな通りの名であり、現世にありながら人の世とは隔離された場所に存在している、あやかしたちの棲まう街である。幽世の門の周辺にあやかしたちが自然と集まって作られた街で、現世から幽世へ行くための通り道になっていることから『黄泉路』と呼ばれるようになった。

現世には凶暴なあやかしはおらず、黄泉路横丁に暮らすあやかしたちも、見た目の恐ろしさとは裏腹に陽気なものたちばかりである。彼らは日の出ている間は建物内に籠って静かにしているが、いざ日が暮れ夜になると、飽きることなく宴会を開き、朝が来るまで騒ぎ倒した。

もちろん今夜も横丁には異形たちがひしめき合い、そこかしこで酒盛りが始まり、囃子が鳴り、誰かが踊ると誰かが歌い、笑い声が響く。

いつもどおりの楽しく平和な光景を窓越しに眺めながら、弥琴は燐と共に、横丁内の定食屋でカツカレーを頬張っていた。

「うぅん、最高！」

揚げたてのカツはそのままで食べてもジューシーで、カレーと絡めればなお美味しく、ライスも合わせるともはや無敵と言っても過言ではない。カツカレーをこの世で最初に作った人にも、そして弥琴のリクエストに応えカツカレーをメニューに入れてくれた定食屋の店主にも、全力の拍手を送りたい気分である。

「やっぱりカレーは中辛でカツに限ります」

弥琴は落ちそうになる頬に手を当ててた。その正面では、燐も同じメニューをもそりもそりと食べている。

「確かに美味《うま》いが……おれは甘口が好きだ」

「燐さんは甘党ですもんねえ」

「辛いのが苦手というわけではない」

「わかっていますよ。でも甘いほうが好きなら、わざわざわたしと同じのにしなくてもよかったのに」

「前に弥琴が美味そうに食っていたから。おまえが好きと言うなら、おれだって同じものを食べたい」

燐はスプーンに載せたカレーライスにふうふうと息を吹きかけ口に運んだ。まだ少し熱かったようで、眉根をきゅっと寄せる仕草に、弥琴は口元を緩ませた。

「じゃあ次は一緒に甘口のカレーを食べましょうね」

唇に付いたカレーを舐《な》め取りながら燐が頷く。弥琴は、スプーンにライスとカレーとカツを大盛りに載せて、ひと口でぱくりと頬張った。


「なあ弥琴」

食事を終え、温かい茶で一服していたところに、頃合いを計っていたかのように燐が口を開いた。

「明日、一緒に行きたいところがあるんだが」

「はい、もちろんいいですよ。どこに行くんです？」

「古い知り合いのところだ。昔世話になった相手でな」

「お世話になったひと、ですか」

弥琴は手に持っていた湯飲みを卓へ置いた。

聞いたことのない話だった。燐が自分から過去の話をするのも珍しい。

燐は、まだ手を付けていない湯飲みの縁を指先でなぞっている。

「おれが結婚したことはすでに知っているだろうが、直接伝えてはいないんだ」

「はあ」

「先日、弥琴の身内に結婚を知らせに行っただろう。おれも深い縁のある者にくらい、自らの言葉で伝えなければと思ってな」

燐は上目遣いに弥琴を見た。瞳孔の細い琥珀《こはく》色の瞳が、時折横丁のともしびを反射させている。

「それに……言わなかったおかげで火柄《ひがら》とも揉《も》めてしまっただろう」

「ふふ、確かに」

「あれで、さすがにおれも反省したんだ」

幽世側の管理番である火柄は燐の古くからの友であるが、燐は彼に直接結婚の話を伝えたことがなかった。どこからか「燐が嫁を貰《もら》った」という話を聞きつけた火柄がわざわざ現世までやって来たのはつい先日のことだ。

火柄の来訪によりひと悶着《もんちゃく》あったことは言うに及ばず。ただ、その騒動の根本的な理由は「燐が火柄に伝えなかったから」では決してないから、燐が話してさえいれば何も起きなかった、ということにはならないのだろうけれど。

「明日、空けておいてくれ。おまえのことを紹介したい」

頬杖《ほおづえ》を突いて微笑《ほほえ》む燐に、弥琴は釣られて笑い、「はい」と返事をした。

＊

人間の生活している領域に行くと聞かされたので、弥琴は普段着にしている和服ではなく、目立たないよう洋服を着ることにした。燐も、装いこそ和服のままではあるが、耳と尻尾を隠し人の姿に化けている。

屋敷の留守をタロたちに任せ、燐と弥琴は横丁の端にある大門をくぐった。この先は全国各地にある出入り口へと繋がっており、今回弥琴たちは、とある街中の、古い祠《ほこら》の隣へと降り立った。

狭い車道を挟んで、やや年季の入ったビルやアパート、店などが建ち並ぶ、雑多な印象の街だった。目の前には赤い旗のひしめく小さな神社もある。

近くには誰もいなかったが、道の先に目を遣《や》ると歩いている人の姿が見えた。どこからか車の走る音も聞こえている。少し行けば大きな道路があるのだろう。

見渡せば、新しそうな高層マンションなども目に映った。新古入り交じった奇妙なところだが、栄えた場所ではあるようだ。

(古い知り合いのあやかしに会いに行くと言うから、てっきり原風景の残る田舎町に出るものだと思っていたけれど)

燐は、出入り口から迷うことなくどこかへ向かって歩き出す。弥琴も周囲を見回しながら燐のあとをついていく。

(あれ……この辺り、なんだか見たことある気がする)

弥琴はじとりと目を細めた。すぐにここだと特定できるほど馴染《なじ》みがあるわけではない。だが、さほど大きな特徴があるとは言えないこの街並みに、どこか覚えがあるように思うのだ。

今燐と歩いているこの場所を、まだ祖父母と共に実家で暮らしていた中高生だった頃の記憶と重ねる。

(あっ、そうだ。ここ、大須商店街の近くだ)

名古屋の中心部に位置する、大須観音の門前町。色とりどり、様々な文化の混ざった大きな商店街は、名古屋の有名な観光スポットのひとつでもあった。

愛知出身の弥琴はこの大須商店街に何度か遊びに来たことがある。歴史ある文化を伝え、且つ最新のカルチャーも次々取り入れる大須という町は、中高生の弥琴にとって未知のことに触れられる憧れの場所であったのだ。

（こんなところに燐さんの知り合いがいたなんて）

あやかしが人の世に当たり前に存在していることはすでに知っている。それに大須は神社仏閣が多く、どこか非日常的な趣のある土地だ。人でない者が暮らしていそうな雰囲気は存分にしている。それでも、自分が何気なく過ごしてきた場所にあやかしがいるというのは、なんだか妙な心地だった。

「ここだ」

数分ほど歩いたところで燐が足を止めた。アーケード街のすぐそばにある、なんの変哲もない、どこにでもありそうな四階建てのビルの前だった。一階は若者向けの古着屋が入っているようだ。

「ここ、ですか？」

「ああ。この建物の三階だな」

燐の真似をして顔を上げる。道路に面した部分は大きな窓があり、三階のガラスには猫を模《かたど》ったカッティングシートが張られていた。

視線を足元へ移すと、ビルをのぼる階段の脇に立て看板が置いてあった。黒板に白いチョークで『３F』と記されたその下には『猫カフェ　またたび』と、可愛らしい丸文字で書かれていた。

「……猫カフェ？」

階段をのぼっていく。三階にはやはり『猫カフェ　またたび』という看板が立てられている。

「あの、こちらのお店に今日会いに来た方がいるってことですか？」

「気まぐれに湯治にでも出かけていなければな」

「なるほど……」

静かな社の片隅からあやかしの領域に繋がっていたり、路地の奥にある寂れた骨董《こっとう》屋《や》などにひっそりと棲んでいたり、というのが弥琴の想像していたものであった。しかしあやかしとは、弥琴が思うよりももっと人の身近にいるものらしい。

「あ、でもまだオープンしていないみたいですね」

すりガラスのはめ込まれた木製のドアには『closed』の札が下がっている。看板を見れば、開店は午前十一時からとなっていた。現時刻は十時過ぎ。店が開くまでは随分と時間がある。

「ちょうどいい、客がいないということだろう。ゆっくりできる」

「え、あ、ちょっと燐さん」

弥琴が止める間もなく、燐は鍵のかかっていないドアを遠慮なしに開けた。その奥は、あやかしがいるなどと露ほども思わないような、看板どおりの猫カフェであった。

「お、お洒落《しゃれ》……」

店内はカントリー風の内装で揃《そろ》えられ、柔らかな灯りに包まれていた。広く空間を取った一室にはすでに数匹の猫が放されていて、各々自由に寛《くつろ》いでいる。

もちろん、猫たちの尾は二股に分かれていないし、人の言葉を話すこともない。どう見ても普通の猫であり、普通の店である。

「あ、すみませぇん、まだ開店してないんですよ……って、あらら？」

奥からエプロン姿の若い女性スタッフが出てきた。弥琴は咄嗟《とっさ》に謝ろうとしたのだが、スタッフは燐を見ると、アーモンド型の大きな目を細めて笑った。

「なぁんだ、燐殿じゃないですか」

「しばらくぶりだな野錆《のさび》。息災か」

「見てのとおりです。元気にお仕事してますよ」

野錆、と呼ばれたスタッフは、どうやら燐と旧知の間柄のようだ。いつの間にかあやかしの姿に戻っている燐にも驚いていない様子である。

（どこからどう見ても普通の人間に見えるけど……）

燐の知り合いということは、彼女もあやかしなのかもしれない。燐が会いに来た相手はこの女性なのだろうか。

そう考えながらじっと見ていると、ふと野錆と目が合った。にこりと微笑む野錆に、弥琴は慌てて会釈をする。

「は、初めまして。弥琴と申します」

「どうも、野錆です。この店の雇われ店長をしています。あなたはもしかして……」

首を傾げる野錆に、燐は「おれの妻だ」と弥琴を紹介した。

「半年ほど前に結婚した。今は横丁で共に暮らしている」

「やあ、もちろん知ってますよぉ。おやまあ、この方が。うふふ、お噂《うわさ》はかねがね」

「あ、はい、どうも……」

一体どんな噂を聞いたのか、という問いは怖いから訊《き》かないことにした。

にゃあ、と甘い声を上げ、一匹の三毛猫が野錆の足元にじゃれ付いてくる。野錆は猫を抱きかかえると、愛おしそうに頬を擦《す》り寄せた。猫が喉をころころと鳴らす。同じ音が、野錆の喉からも聞こえる。

「オーナーに会いに来たんでしょう」

野錆の問いに、燐は「ああ」と答えた。

「又殿《また》は今いるか？」

「お部屋にいますよ。こちらです、どうぞ」

野錆に案内され店の奥へ向かうと『オーナーのお部屋』という札の下がったドアが

あった。野錆は「オーナー、お客ですよ」と呼びかけ、返事も待たずにドアを開ける。

六畳ほどの大きさの部屋には、一面に毛足の長い絨毯《じゆうたん》が敷かれていた。オーナーの部屋、というわりにデスクやソファなどはなく、あるのは大きなビーズクッションがふたつと、ハンモック付きのキャットタワーだけ。

ハンモックの上に、薄灰色の毛をした老猫が寝ていた。猫は片目だけをのそりと開けると、

「おや、燐」

としわがれた声で言った。

ハンモックからはみ出した猫の尻尾は、付け根から二股に分かれていた。

「又殿、久しいな」

声をかけた燐に、猫は「そうだったか？」とあくび交じりに返す。

「うぅん、最近会ったばかりのような」

「耄碌《もうろく》したか。もう三年は顔を合わせていないぞ」

「三年。ほれ、やはりついこの間じゃないか」

猫は垂れ下がった髭《ひげ》を揺らしながら笑う。燐は呆《あき》れた様子でため息を吐いてから、隣に立つ弥琴の背に手を寄せた。

「妻の弥琴だ。今日は結婚の報告と、弥琴を紹介するために来た」

燐に目配せされ、弥琴は深く頭を下げる。

「燐の妻の、弥琴と申します」

「ああ。燐が人の嫁を貰ったと、同胞たちから話は聞いていたよ。祝言も挙げたそうじゃないか。祝いに行ってやりたかったけど、儂《わし》はもう賑《にぎ》やかなのが苦手でね」

「構わないさ。おれのほうこそ知らせが遅れてすまなかった」

「それこそ構わん。もちろん、訪ねてくれたことは喜ばしいがね」

燐は眉を下げ微笑むと、右手で老猫を指し示した。

「弥琴。こいつは猫又の又三郎《またさぶろう》という。今は隠居したただのじじい猫だが、かつてはこの国の猫妖怪どもを束ねる、化け猫の総大将だった者だ」

「総大将さん、ですか」

驚く弥琴を、猫の濁った瞳が見つめていた。化け猫の総大将と知り怖気《おじけ》づいてしまった弥琴だが、又三郎の視線には威圧などなく、むしろ慈しみの色を湛《たた》えてさえいるように感じた。

「どれ、弥琴とやら、儂によく顔を見せておくれ」

弥琴は「はい」と返事をし、おずおずと一歩前に出る。

又三郎が寝そべったまま頭を持ち上げた。銅色の目が、わずかに細められた。

「ああ。いい顔だ」

「えっ、そ、そうでしょうか」

「愛嬌《あいきょう》があり、穏やかな顔つきをしている。他者に心を寄せられる者の顔よ」

「えっと……ありがとう、ございます」

弥琴は戸惑いながら自分の頬に手を寄せる。かつての社畜時代、上司から散々「愛嬌がない」と言われていたが。反対のことを言われたのは初めてだ。

「いい嫁御を貰ったじゃないか、燐。大事にしなさい」

「言われなくとも大事にしている」

「ふふ、そうか」

又三郎は目を糸のようにしながらにゃごにゃごと猫らしく鳴いた。燐は、彼にしては珍しく、どこか子どものような表情でそっぽを向いていた。

野錆がミルクティーとお菓子を用意してくれたので、店の邪魔にならないようオープンまでと時間を決め、三人で話をすることにした。燐と弥琴はビーズクッションにもたれて寛ぎ、又三郎は変わらずキャットタワーのハンモックに寝そべっている。

「又殿は、おれの猫又としての師のようなものなんだ」

フィナンシェを齧《かじ》りながら燐が言う。弥琴もフィナンシェを齧りながら「師？」と首を傾げる。

「おれは猫又の親から生まれたわけではなく、もとは普通の猫だったという話はしただろう」

「ええ。千鶴《ちづる》さんの家で大事に飼われていて、猫又になったんですよね」

燐が千鶴という女性の飼い猫だったという話は、祝言を挙げた日の前日に聞かされている。

「だからおれは猫又としての生き方を知らなかった。それで、主に又殿から学ぶようにと言われたんだ」

そしてしばらく又三郎の世話になった。まだ幽世の門ができる前、千鶴と共にあやかし退治を生業としていた頃のことだった、と燐は言った。

「ってことは、千鶴さんと又三郎さんがお知り合いだったってことですか？」

「ああ。主は友好的なあやかしとは親しくもしていたからな。又殿とは随分仲がよかった。なあ、そうだろう」

燐が訊《たず》ねると、又三郎はゆっくりと頷いた。

「千鶴殿に会ったのは、確か、化け猫たちが東西に分かれて大喧嘩《おおげんか》を始めたときだったか」

化け猫は数が多く、総大将の又三郎を頂点に据えながらも、いくつかの勢力に派閥が分かれていたという。中でも強大だったのが『大親分の虎侍《とらじ》』率いる日光の群れと、

『女帝の茶々《ちゃちゃ》』率いる安芸の群れのふたつ。各々の大将たちは、些細《ささい》な諍《いさか》いをきっかけとし、やがて大きな争いを始めてしまった。

抗争の規模はみるみる膨れ、やがては人間たちをも巻き込むほどとなった。そのため、千鶴のもとへあやかし退治の依頼が舞い込み、千鶴は化け猫たちの大喧嘩に関わることになったという。

「ただし千鶴殿は、猫たちを退治せずに事が解決するのならそれが一番と言ってくれた。儂は、ここまで事態を放置してしまった責任を取るとともに、千鶴殿の大らかな心根にも感服し、千鶴殿に全面的に協力することにしたのよ」

結果、化け猫たちは一匹も退治されることなく事態は収拾。そして千鶴とは時々茶を飲む仲になったのだと、又三郎は教えてくれた。

「そっかあ。おふたりは仲のいいお友達だったんですね」

「友人というより、儂にとっては娘みたいなものよ」

「主もその頃には両親を亡くしていたから、又殿を親のように思っていたはずだ」

「ふふ、それは嬉《うれ》しいことを聞けた」

又三郎の髭がふよふよと揺れる。

「ところで、化け猫って猫又とは違うんですか？」

気になっていたことを訊ねると、燐が「いや」と首を振った。

「同じようなものだ。猫又が化け猫の一種、といったところか。おれもだし、火柄も化け猫のうちだな」

「火柄さんは火車《かしゃ》っていうあやかしでしたっけ。確かに猫耳と尻尾がありますね」

「うちにいる猫たちは普通の猫ちゃんだが、人型の従業員はみな化け猫だよ」

「ってことはやっぱり野錆さんも？」

「もちろん。ああ見えて野錆はとっても強い子でね。彼女の名を聞くだけで尾を股に巻き込む猫も大勢いる」

弥琴が驚くと、又三郎は声を上げて笑った。

時間はまだいくらかあった。ミルクティーは冷めかけていたが、猫舌の燐にはちょうどいい温度だと弥琴は思っていた。

「どれ、儂らの話ばかりしていてもつまらんだろう」

又三郎が大きなあくびをしながら言う。

「せっかく弥琴殿が来てくれたんだ、儂の知っている燐の昔の話でもしてあげようじゃないか」

すると、すかさず燐が答えた。

「やめろ。いらん」

「おまえに言っていない。儂は弥琴殿に話してやろうと言っているんだ。どうかな、弥琴殿」

又三郎に振られ、弥琴はぴしりと姿勢を正す。

「ぜ、ぜひ。聞きたいです。お願いします！」

「おい弥琴……」

「だって燐さん、あんまり昔の話をしてくれないから」

「そりゃ、自分のことを語るのはなかなか気恥ずかしいだろう」

「だから燐さんの代わりに、又三郎さんから聞きたいんです」

燐は渋柿でも食べたときのような顔をしていたが、やがてため息を吐くと立ち上がった。

「おれは向こうで猫と遊んでくる。又殿、あまり変なことは喋《しゃべ》らんでくれよ」

燐が部屋を出ていく。ドアが閉まるのを待って、弥琴はビーズクッションをキャットタワーのそばに寄せた。

「すみません又三郎さん。なんだかわたしが燐さんを追い出してしまったみたいで」

「いやいや、構わない。ふふ、燐に恥ずかしがり屋な一面があったとは。千年の付き合いになるが初めて知った」

「そうなんですか？」

「だって燐は、あまり他者に弱みを見せない子だろう？」

又三郎はぐっと背を反らしてから体勢を変えた。しばらくもぞもぞ動き、うまく位置が定まったところで「さて」と、弥琴の知らない燐の話——又三郎たちが出会ったばかりの千年前のことを語り始めた。

「燐はね、確かに普通の猫として生まれたが、実は普通とは少し違っていた」

「違う？」と弥琴は首を傾げる。又三郎が二本の尻尾を揺らしながら頷く。

「あやかしと渡り合える力を持つ人が稀《まれ》に生まれるように、燐もまた、妖力をその身に宿し生まれた猫だったのよ。その影響か普通の猫のようには歳《とし》をとらず長く生き、齢《よわい》二十を超えた頃には尾が分かれ始めたそうだ」

とは言えそれは猫にはままあることなのだと又三郎は続けた。昔も今も、普通の猫から化け猫へと変わる者は、そう珍しくない数いるという。

「儂らが知り合った頃、燐はちょうど猫又になりかけていたときだった。まだ人の姿に化けるのが下手で、力の使い方もよくわかっていなくてね。けれど、千鶴殿の役に立ちたいと、そりゃもう懸命に修練に励んでいたものよ」

「現世の門の管理番である火柄さんが言っていました。燐さんは完全な猫又になる前から、とても賢く強かったと」

「そうだね。元の素質もあったろう」

「でもきっと、燐さんの努力があったからこそなんですね」

弥琴は、強く頼もしい燐しか知らないから、それが当たり前であり、最初からそうであったのだとつい思ってしまう。しかし、かつての燐がひたむきに努力を積み重ねたからこそ、現在の燐が存在しているのだ。

（すごいなあ）

それほど強い思いがあったのだろう。望むことを為《な》すため、大切な者のそばにいるため……大切なものを守り続けるため、燐は強くなりたかったのだ。

（わたしも、燐さんの隣に立つのに、ふさわしくありたいな）

自信のなさから背中を丸め、自分は駄目な人間なのだと思うことが多かった。けれど今は、燐が妻と認めてくれる自分にいつだって胸を張りたいと思っている。心根を変えることは難しい。それでも、少しずつでもいいからと。

「燐さんのお話、もっと聞かせてください」

「ああ、もちろんいいとも」

又三郎は昔の話をいくつも教えてくれた。それでもまだ聞き足りず、弥琴は迷惑だろうかと思いながらも、まだもう少し、と燐の話をせがんだ。

又三郎は嫌な顔ひとつせず弥琴の言葉に頷く。

「では、燐が立派な猫又となり、幽世の門がつくられた、そのあとの話をしようか」

過去の記憶を浮かび上がらせるように、又三郎は束《つか》の間瞼《まぶた》を閉じる。

「幽世の門をつくったのは千鶴殿ということは知っているかな？」

「はい。千鶴さんと、彼女の恋人だった鬼とがつくったと」

「そうだね」

又三郎の瞼が開かれる。濁った瞳は優しくも、真っ直ぐ弥琴を見据えている。

「幽世の門は、現世を平穏な世にするため……千鶴殿の腹に宿ったふたりの子を守るためにつくられたものだ。それまで曖昧だったふたつの世の境界をはっきりと定め、別《わ》け隔てることとした」

弥琴は頷いた。その話は燐からも聞いたことがある。幽世の門がつくられたあと、千鶴と鬼はそれぞれの世界で離れて生きることを選んだのだと燐は言っていた。

「幽世の門ができたばかりの頃は、まだ現世は安定していなかった。だから燐の日々は随分忙しかっただろうが、燐は管理番をしながらも、現世に生きる千鶴殿とその子どもの暮らしも見守っていたのよ」

「……近くで？」

「ああ、すぐそばで。燐は、彼女らと共には生きられない鬼の代わりに、千鶴殿と子を守ろうとしていたのかもしれないね」

「鬼の代わりに、ですか」

愛する相手と離れて生きる。千鶴のその選択を、燐が肯定していたわけではないことは知っている。けれど尊重はしたのだろう。主人の選んだ道に、燐は何も言わずに寄り添ったのだ。

「千鶴殿と燐にはね、ひとつだけ案じていたことがあった。那千《なち》と名付けられた、子のことだ」

又三郎は、ひとつ呼吸をしたあとにそう続けた。

「なぜならば那千は鬼の血を引く子。その身に宿る強力な血が、人として生きることを難しくするのではないかとね」

「確か、それについても燐さんから聞いたことがあります。鬼の血を引く子が人間から迫害されるんじゃないかと心配していたって」

「そう。だから、那千が自らに宿る力に決して飲み込まれることのないよう……人々に愛されて生きられるよう努めた。そして那千は、無事に、大層元気に、美しい娘へと成長し、やがては人の男と番《つが》い子を産んだ。千鶴殿の孫だ」

孫もまた、濃い鬼の血を継いでいたという。それでも幼子は親同様に、鬼の力を自ら御し、人の子としてすくすく育った。燐はまだ、千鶴ら家族のそばにいた。

「子もそうだったが、孫は随分燐に懐いていた覚えがある。燐も可愛がっていてね。けれど、孫が十になったばかりの頃だったか。千鶴殿がね、燐に告げたんだ」

もうわたしたちは大丈夫、と。

それは、千鶴から燐への別れの言葉だった。

「現世にはすでに恐ろしいあやかしはいない。子らに流れる鬼の血も、人と番うごとに徐々に薄れていく。だからもう自分たちを守る必要はないと、千鶴殿は言った」

幽世の門がつくられてから、すでに数十年が経っていた。猫又となった燐には長い生のほんの始まりに過ぎなかったが、人にとってその年月は、一生にも近いほどの時間だった。

千鶴はすっかり老いていたそうだ。髪は白くなり、肌から艶は消え、顔にも手にも皺《しわ》が幾重にも刻まれていた。もう彼女にあやかしと戦う力はなかった。戦う必要もなかった。

見目が大きく変わってしまうほどの時間を、千鶴は静かな安寧の中、子や孫の成長を見つめ生きたのだ。

「千鶴殿はね、燐を幽世の門へ縛りつけてしまったことを心のどこかで悔いていた。しかし管理番は燐にしか任せられない。だからせめて自分からは解放してやろうと思っていたんだね。愛しい飼い猫がこの先、少しでも自由にあるように」

「……」

「燐は、千鶴殿の思いを酌んだ。孫が生きていた間くらいは度々様子を窺《うかが》うこともあったようだが、それ以降、燐は彼女の子孫たちとは関わることなく生きた」

弥琴は又三郎の話を聞きながら、いつの間にか視線を下げていた。千鶴や燐の思いに考えを巡らせていたのだ。

もちろん、いくら考えてもわかるはずもない。彼らの心を測るには、自分はまだ、知っていることが少なすぎる。

「千鶴殿……千年という時は、あやかしにとっても長い時間であったが、今でもよく憶えている」

又三郎が緩やかな仕草でハンモックを降りた。絨毯の上で大きく伸びをし、弥琴の正面にお座りをする。

「千鶴殿のことを思い出しながら考えていたが」

「はい」

「弥琴殿、おまえさんはどこか、千鶴殿に似ている」

尻尾の分かれた老猫は弥琴を見上げた。弥琴は思わず苦笑いする。

「それ、燐さんにも言われたことがあります」

「ほう、そうだったか」

「見た目が似てるって。だから燐さんはわたしに興味を持ったんでしょう」

まだ結婚する前のことだ。なぜ自分を嫁に貰ってもいいと思ったのか、燐に問うたことがあった。そのとき燐は「昔の主と似ているから」と答えた。

「でも、千鶴さんの話を聞けば聞くほど、中身はわたしとは全然違う人なんだなって思うんです」

「どういうことかな」

「だって千鶴さんはきっと、芯の通った強《したた》かな女性だったんでしょうから」

　勇気と揺るがない意志を持ち、激動の日々を強く生きた人だ。自分とは似ても似つかないと弥琴は思っていたのだが……それを聞いた又三郎はなぜか大笑いした。

「あの、そんなに笑うことですか？」

「ああいや、申し訳ない。でもね弥琴殿、千鶴殿は確かに強力なあやかし祓《ばら》いの力を持っていたが、反して内面はそれはもう臆病で、いつだって泣きべそばかりかいているような娘だったんだよ」

「そうなんですか？」

「自分に自信がなくて、迷うこともよくあった。他者から見ればほんの些細なことで幾日も悩んでいたり。儂が相談に乗ったことも何度もあるよ」

　驚く弥琴に、又三郎は頷いてから「だがね」と続ける。

「一所懸命で、泣きながらも、己のすべきことを為すために前へと踏み出せる子だった。相手を思いやり寄り添える優しい心を持ち、震えながら刃を振るう、とても強い子だったんだ」

又三郎の視線は弥琴に向いていた。その瞳の奥では、違う人間の姿を見ていた。

（さっき、千鶴さんを娘のように思っていたと言っていたけれど）

老猫の視線はまさしく愛しい子を見るものであった。燐が今もなおかつての主人を大切に思っているように、又三郎もまた、千鶴をわずかも忘れていないのだろう。

（……どんな人なのかな。千鶴さん）

千年も前に生きた人間だ、会うことは叶《かな》わない。言葉を交わし彼女の人となりを知ることはできない。弥琴が知る中で確かなのは、彼女のそばにいたひとたちが、これほどまでに彼女を愛したということだった。

「やっぱり、わたしとは似ていませんね」

「いいや、やはり弥琴殿と千鶴殿は似ている」

独《ひと》り言《ご》つかのように、又三郎は静かに言った。

「燐がおまえさんに興味を持ったのは、外見が昔の主と似ていたからかもしれない。だがおまえさんに惹《ひ》かれたのは、きっとおまえさんの中に千鶴殿と同じ優しさと強さを見たからだろう」

「千鶴さんと、同じ？」

「ああ、きっとね」

又三郎は長い髭を持ち上げて笑った。

弥琴はつい「そんなことない」と言いそうになる口を閉じる。すぐに卑下してしまうのは悪い癖だ。贈られる言葉を自然に受け止めるのはまだ少し難しいけれど。

「はい、そうだといいです」

自分を認めてくれるひとたちの言葉を、もう否定したくはなかった。


しばらく又三郎とふたりで話をしていると、燐が部屋へ戻って来た。

燐はどうしてか眉をひそめ、渋い顔をしている。

「おい又殿、野錆から聞いたぞ。人の娘が又殿に会いに来たそうだな」

低い声で詰め寄る燐に、又三郎は何度か目をしばたたかせた。そして「ああ」と高くわざとらしい声を上げる。

「そうだそうだ、おまえに言おうと思っていたんだったよ。忘れていた」

「……本当か？」

「確か一週間ほど前か、品のいいせーらー服を着た娘でな。女子高生という奴《やっ》よ。この辺りの子ではないようだったが」

「あのな……この店の関係でもない限り人の知り合いなどおらんだろう。その娘とやらは何者だ？　大丈夫なのか」

野錆もその娘のことを知らなかったそうだ。であれば店の関係者ではなく、おそらく普段から又三郎と親しい者というわけでもない。

「なぜその娘は又殿のことを知っている？」

「何、おまえの心配することではないよ。その子はただ、儂が預かっていたものを取りに来ただけだ」

「預かっていたものだと？　なんだ、知り合いだったのか？」

又三郎はその問いにはっきりとは答えず、代わりに「そういえば」と口にする。

「その娘はな、猫又の燐を捜していた。燐の居場所を知らぬかと訊いてきたんだ」

「おれを？　なぜ」

「さあて」

又三郎はとぼけた顔をする。

「若い人の娘でおれを知っている者など……」

燐は少し考えていたが、思い当たるところがない様子であった。

「ということで燐」と又三郎は言う。

「儂はその子に、黄泉路横丁へ行く方法を教えておいた。そのうち会いに行くだろうからよろしくな」

「なんだって？」

「おまえは人には慣れているから構わんだろう。何せ飼い猫だったうえに、今は人の嫁を貰っているのだから」

燐はこれ見よがしに顔をしかめたが、又三郎は意にも介さずビーズクッションの上で目を閉じた。あっという間にぷくぷくと寝息が聞こえ始める。

「……又三郎さん、寝ちゃいましたね」

「狸寝入《たぬきねい》りだろうよ。まあ、だとしてももう目は開けるまい。猫のくせに、この狸じじいめ」

「それにしても、燐さんを捜している女子高生って誰でしょうね。燐さんにどんな用事があるのかな」

「さあな。まったく……」

燐が大きなため息を吐いた。

弥琴は、どうしてか胸がざわつくのを感じた。その理由までは摑《つか》めない。

(何か困ったことにならないといいけど)

弥琴の心に呼応するように、燐が「厄介なことにならんといいが」とぼやいた。

けれど。

ふたりの思いに反し、嵐は間もなく黄泉路横丁へ——燐と弥琴のもとへとやって来るのだった。

＊

数日後。昼間から燐とふたり、住居でのんびりしていたとき、突然「燐様ぁ！」という叫び声がどこからか聞こえてきた。

濡《ぬ》れ縁《えん》から庭のほうを覗き込むと、黄泉路横丁に棲む一体のあやかしがどたばたと屋敷の門をくぐって来るのが見える。

「燐様、燐様ぁ！」

弥琴は慌てて立ち上がり、濡れ縁を降りてあやかしへと駆け寄った。

「ど、どうしたんですか？」

「奥方……り、燐様は」

このあやかしは大門の付近で金物屋を営んでいる者だ。自宅からここまで走ってきたのだろうか、肩で激しく息をしていた。

「そこにいますよ。ちょっと待ってくださいね」

弥琴はあやかしの背を撫でながら、居間にいる燐を振り返る。

燐は、静かな時間を邪魔され機嫌を悪くしているようだ。しかしあやかしの尋常ではない様子に渋々腰を上げた。

「どうした、何事だ」

「燐様！　あの、実は今、燐様を訪ねてうちに来た者がおりまして」

「おれを訪ねて？」

「猫又の燐はどこにいる、と……人の娘が」

「人の娘だと」

燐と目を見合わせる。燐を訪ねてきた人の娘、とは、先日又三郎が言っていた女子高生に間違いないだろう。

「まさか、本当に来るとは」

燐は腕を組み、険しい表情を浮かべる。

「燐さん、どうします？」

「……一度会ってみる他ない。何者であるのか確かめる必要もあるしな」

玄関に回り外へ出てきた燐に、弥琴も続いた。飛び石の上を行き、屋敷の数寄屋門を抜けると、静かな昼間の通りに立っている、ひとりの人間の姿を見つけた。

あやかしの街である黄泉路横丁においては異質な、紺襟のセーラー服を着た少女だった。少女はこちらに気づくと、真っ直ぐに歩いて向かってくる。

「あの子が……」

と呟き、弥琴は隣の燐を見上げた。

続けようとしていた言葉を呑《の》んだ。燐の表情を見て驚いたのだ。

燐は眉根を寄せ、わずかに唇の端を震わせながら少女を見つめていた。そして、

「千鶴」

と、か細い声で、かつての主人の名を呼んだのだった。

（えっ……どうして千鶴さんの名前を？）

そのとき、

「あなたが猫又の燐？」

と澄んだ若い声が言う。はっとして目を遣ると、数歩離れたところで立ち止まった少女が、薄く笑みを浮かべていた。

綺麗な子だと弥琴は思った。腰元まであるうねりひとつない黒髪と、形のいい二重の目がひどく印象的だ。

色素の濃い少女の瞳は、真っ直ぐに燐を見つめている。

弥琴がふたたび燐を窺うと、燐はすでにいつもの澄ました表情へと戻っていた。

「ああ、まさしくおれが猫又の燐だが。おまえは誰だ」

「初めまして。御厨《みくりや》伊千瑠《いちる》と申します」

少女はうやうやしくお辞儀をする。育ちの良さを思わせる上品な仕草だ。

燐は少女の名に覚えがないようで、やはり少女の正体も、燐を訪ねてきた目的も量りかねている様子だった。

だが少女――伊千瑠のほうは、確かに燐の存在を知っていた。何かしらの明確な理由を持ち、猫又の燐に会うために、この黄泉路横丁へとやって来たのだ。

「あなたに会いたかったです。燐」

そう言って伊千瑠は、薄く色付いた唇で微笑んだ。


燐はひとまず伊千瑠を屋敷へと招いた。

急いで茶と菓子を用意し客間へ向かうと、伊千瑠がジロの頭を撫でてやっているところだった。

卓上に茶を並べ、弥琴は燐の隣に腰を下ろす。伊千瑠も姿勢を正し、燐と弥琴、そして伊千瑠とで、座卓を挟んで向かい合う形となった。

「ご挨拶が遅れました。燐の妻の弥琴と申します」

弥琴は頭を下げる。伊千瑠は、弥琴が燐の妻であることについてはさして驚いた様子を見せなかった。

「弥琴さんは、人に化けるのがお上手なんですね。普通の人間にしか見えません」

「ええ、わたしは正真正銘、ごく普通の人間ですから」

「人間？」

今度は驚いた。まさか人間があやかしと結婚し、あやかしの街で暮らしているとは思ってもみなかったのだろう。

「縁があって夫と出会い、半年前に結婚しました。人の世との関わりも持ちつつ生活していますが、日々の暮らしはこの黄泉路横丁で送っています」

「そうなんですか……ごめんなさい、人がここで暮らしているとは思わなかったから」

「いえ、伊千瑠さんのおっしゃるとおりです。あやかしと人とが結婚しているなんて聞けば驚くはずでしょう」

「そう、ですね」

伊千瑠の表情がほんの少し変わった。

軽い世間話でも続けてみようと思っていた弥琴は、しかし伊千瑠の変化に思わず口を噤《つぐ》んだ。肌をざらりと撫でられたような心地がしたのだ。その理由までは酌み取ることができないが。

「人のお嫁さんを貰ったのですか」

伊千瑠の視線が燐へと向けられる。整った顔立ちのせいか、真顔だとまるで人形のように見えた。が、どうしてか、笑みが浮かぶとなおさら作り物の表情に思える。

顔立ちそのものは十代の若さを感じるが、伊千瑠の佇《たたず》まいや表情からは、年齢よりも大人びた印象を受けた。冷静で賢く、自身の顔の取り繕い方をよく知っている子なのだろう。だからこそ、感情を隠すのもうまい。

「それはもしかして、かつての主人への郷愁からでしょうか」

燐の目尻がぴくりと動いた。小豆色の髪がわずかに膨らむ。

「……おまえ」

「その反応は図星ですか」

「おれのかつての主を、又殿から聞いたのか？」

「又殿とは猫又の又三郎のことですか？　でしたら違います。確かに彼に会いに行きましたが、彼から聞いたのは、あなたの居所と、この横丁への行き方のみです」

「……」

燐は瞬きひとつすることなく伊千瑠を見ている。人のものとは違う瞳が、陽光になど当たっていないのに妖しく光を帯びていた。

（燐さん……）

弥琴は、燐が平静を装いながらもずっと動揺していることに気づいていた。伊千瑠の正体がわからないことだけでは燐の心が揺さぶられることはない。おそらく、伊千瑠を見たときに燐が発した名前に理由があるのだろう。

「おまえは何者だ。なんの用でおれに会いに来た」

決して弥琴には向けない声色で燐は伊千瑠に問いかけた。

伊千瑠はひるむことなく、笑みを浮かべたまま答える。

「千鶴」

放たれた言葉は、燐の問いへの返事ではなかった。だが伊千瑠が燐に会いに来たわけの核心をつくものであった。

「燐、この名を覚えていますか」

「……ああ。だがなぜおまえがその名を知っている」

「ふふ、覚えていてくれてよかったです。ありがとうございます」

ひと呼吸の時間をかけた長い瞬きのあとで、伊千瑠はこう続ける。

「千鶴は、わたしの祖先です」

燐が短く息を吸う音が聞こえた。「祖先……」と、掠《かす》れた声で繰り返す。

「ええ。つまりわたしは千鶴の子孫。猫又の燐、わたしは、あなたのかつての主人の血を受け継ぐ者です」

——千鶴の子孫。

又三郎の話では、燐は千鶴の孫の生までを見守り、それ以降一族と関わることはなかった。燐が離れたあと、綿々と血が続いていたのだとしても、その存在を燐は知らない。ましてや、千年後の子孫など。

「少しだけ、わたしの話をさせてください」

伊千瑠は長い髪を耳にかけ、淡々と物語る。

「わたしは物心ついたときから、人ではない者の姿が見えていました。幽霊などの類ではなく、あなたたちがあやかしと呼ぶ存在です。わたしにとっては彼らが見えることが当たり前でしたが、当然、他の人たちにあやかしの姿は見えません。あやかしのことを話しても、両親には信じてもらえず、友人たちには気味悪がられ、嘘吐《うそつ》き呼ばわりされることもありました」

伊千瑠が目を伏せる。瞳が長い睫毛《まつげ》の奥に隠れる。

「そのうち、幼いながらも自分が普通ではないことを察し、あやかしが見えることを人に話すことはなくなりました。自分にしか見えない異形の者は、存在しないものとして過ごすことにしたのです。それでも、わたしの目にあやかしは見え続けていました。どうして自分だけに見えるのかって、何度この境遇を呪ったかわかりません」

弥琴は、知らず唇を嚙《か》み締めていた。

今でこそあやかしが見える弥琴だが、それもつい最近からのことであり、すぐにあやかしの世界にも馴染んだため辛《つら》い思いをすることはなかった。

だが、あやかしの世界を知らない子どもがあやかしを見てしまうとしたら。どれほど大変なことなのだろう。冷静に語られる伊千瑠の言葉の向こうに、多くの傷と孤独があることは容易に想像がつく。

「そんなわたしの日々が変わったのは、十歳になったばかりのときです」

伊千瑠が顔を上げた。

正面に座る燐と視線が重なり合った。

「田舎に暮らしている母方の祖母に、あやかしが見えることを偶然知られてしまいました。祖母自身にあやかしは見えていませんでしたが、祖母はどうしてか、わたしに見えているものをすんなり受け入れてくれたのです。伊千瑠ちゃんはおかしくなんかない、特別な子なんだよ、と言って」

それから伊千瑠の祖母は、その家に伝わるとある秘密を伊千瑠に教えたという。

「わたしの遠いご先祖様に、あやかし退治を生業としていた人がいたのだと。その人が生来持っていた強い力に加え、子にあやかしの血も混じったおかげで、この家には今もごく稀にあやかしを見る力を持つ子が生まれるのだと、祖母は言いました」

初めて聞いた話だったと伊千瑠は言う。伊千瑠の母が知っていたかどうかはわからないが、知っていたとしても信じなかっただろう。もちろん伊千瑠にとっても信じられない話だった。それでも、自分の見てきた世界こそが、その話を真実だと裏付けていた。

「あやかしが見えるのはわたしだけなのだと思っていましたから、そうではなかったことを嬉しく思いました。同時にわたしは、千鶴という名の遠い祖先に興味を持ったのです。祖母の家の蔵には、代々の祖先が伝え残してきた千鶴に関する文献が保管されていました。わたしはそれらを読むために古語を学び、少しずつ、千鶴について知っていったのです」

現在残っている文献は、千鶴の生きた時代から数百年後に書かれたものばかりだそうだ。そのため内容のすべてが正しいとは言えなかったが、千鶴という人間が確かに存在したこと、彼女の功績が後の人の世に安寧をもたらしたこと、あやかし退治をしながらも仲のいいあやかしもいたこと、彼女と共に生きていた飼い猫のこと。子孫の記録の中から、伊千瑠はいくつもの真実を拾い上げた。

「だから、わたしはあなたのこともよく知っているのです。燐」

「……」

「千鶴の忠実な飼い猫。そして強い力を持った猫又。あなたのことを知ったときから、わたしはあなたに会いたかった」

伊千瑠が語り終える。

表情を変えず話を聞いていた燐は、しばらく黙り込んだまま、やがて小さなため息を吐き、怠《だる》そうに口を開いた。

「おまえにあやかしを見る力があることも、おまえが千鶴の子孫であることも認めよう。わざわざ疑うことでもない」

燐が腕を組むと衣擦《きぬず》れの音が響いた。それほど辺りは静かで、どこか息のし辛い空気に満ちていた。

「だが、それがどうした」

冷たい燐の言葉に、伊千瑠の眉がひそめられる。

「百年二百年の話ならともかく、千年も経っているんだ、子孫だとしてもはや千鶴の血などないに等しい。それに、辿《たど》れば千鶴へ行きつく者など、おまえのほかにも現代に大勢いるだろう」

「それは否定しません」

「ならば理解しているはずだ。おまえがなんの目的でおれのもとへ来たのかは知らないが……おれはおまえとは無関係だ。あやかしならともかく、人の相談にまで乗る義理はない。他を当たれ」

燐は切り捨てるかのように言った。

(……どうしたんだろう)

弥琴は、やけに冷淡な燐の態度が気になった。たとえ千鶴絡みの縁がなかったとしても、伊千瑠とあやかしに関わりがあるのは事実なのだ。話を聞くくらいしてもよさそうなものだが。

(燐さん、やっぱり少し変だ)

伊千瑠の姿をひと目見たときから燐の心は乱れている。そのことに燐自身も気づいているはずだ。平静ではいられない。だからこそ燐は、はやく伊千瑠を自分から遠ざけたがっているのだ。

「……そうですか」

と、束の間の沈黙のあと伊千瑠が呟く。

気落ちした様子も憤る様子もなかった。伊千瑠は脇に置いていた鞄《かばん》を引き寄せ、小さなちりめんの袋を取り出す。中には、根付紐《ねつけひも》にぶら下がる鈴が入っていた。

――ちりぃん、と、音が鳴る。

「これでも、あなたはわたしと無縁と言えますか」

長く響く鈴の音に、燐は目を見開く。

「それ、は」

「あやかしの世界の物というのは不思議ですね。千年も前のものなのに、まるで昨日作られたもののように綺麗。ねえ燐。あなたの愛した人は、千年先の子孫にまで、あなたの贈り物を残してくれたんですよ」

伊千瑠がくすりと笑う。

「……先日聞こえたのは、やはりその鈴の音だったか」

「あら、聞こえていたのに、わたしのもとには来てくれなかったのですか」

「千年、鳴らなかった音だ」

「この鈴が何であるか知る人も、長らくいなかったでしょうね」

弥琴は伊千瑠の意図が酌めず横目で燐を見遣った。訊ねるつもりはなかったが、視線に気づいた燐が言う。

「あの鈴は、おれが千景《ちかげ》に……千鶴の孫娘に渡したものだ。もうおれがそばで生きることはない。けれど何かあればいつでも頼れと。この鈴を鳴らせば、どこにいてもすぐに駆けつけ助けるからと、そう伝えて」

伊千瑠は手の中でもう一度鈴を鳴らした。音色は小さいのに不思議と遠く響く。

燐は見たことのない表情をしていた。弥琴はどうしてか、燐が泣いてしまうのではないかと思った。もちろん燐は涙など流さないし声も上げない。唇を引き結び、千年前からの縁のある少女を見つめている。

「助けてくれるんでしょう、燐」

艶然として、伊千瑠は言う。

燐は目を伏せた。あぐらの上で拳を握り、伊千瑠への返答を――己がどうするべきかを考えていた。やがて「おまえの目的はなんだ」と伊千瑠に問う。

暗に伊千瑠の望みを聞くと答えていた。燐が顔を上げると、伊千瑠は浮かべていた笑みを消した。

「鬼に会いたいのです」

それは燐さえも予想していなかったものだった。

「……鬼だと？」

「はい」

顔をしかめる燐に、伊千瑠は確かに頷く。

「千鶴の恋人だった鬼です。あなたの知り合いでもあるはずですよね」

「鬼に会ってどうする」

「それはあなたが知る必要のないことです」

伊千瑠は断ち切るように言い放つ。燐は紡ごうとした言葉を止め、小さく息を吐いてから首を横に振った。

「無理だ。おれは鬼の居場所を知らない」

「でも生きてはいるのでしょう」

「……おそらく。幽世のどこかで」

「なら捜せばいい」

伊千瑠の言葉に迷いはなかった。この黄泉路横丁に来たときから――いや、燐の存在を知り捜し始めたときから決意していたのだろう。鬼に会う。居所が知れないのなら捜す。伊千瑠の中にはすでに他の選択などないのだ。

「おれに、幽世まで鬼を捜しに行けと」

「今すぐにとは言いません。一週間後にまたこちらへ伺います」

燐の返答を待たず、伊千瑠は立ち上がった。弥琴も慌てて腰を上げる。

「えっと、大門までお送りします」

「ありがとうございます」

ちらりと燐を窺うと、難しい顔をして考え込んでいる様子だった。

弥琴は伊千瑠を手招いて屋敷を出る。昼間の静かな横丁を、伊千瑠とふたりきりで並んで歩く。

気まずい沈黙が流れていた。何か話しかけなければと思ったが、何を言えばいいかわからない。

燐と同じように、自分もひどく動揺しているのだと気づいた。伊千瑠の目的にも、伊千瑠の存在にも。

(鬼を捜すため燐さんに会いに来た、千鶴さんの子孫、か……)

隣を行く伊千瑠は、弥琴の気詰まりなど露ほども知らぬ顔をしている。もしくは気づいたうえで構わずにいるのかもしれないが。

(賢い子みたいだし、わかっているんだろうな)

高校生ならば弥琴よりも十歳近く年下のはずだ。たったひとりであやかしの領域へ踏み入れ物怖《ものお》じひとつしないのは、若さゆえの無鉄砲か、それとも、よほど強い決意があってのことだからか。

「ここを通れば、伊千瑠さんが入って来た場所へ出られます」

結局ひと言も交わさないまま大門まで辿り着いてしまった。伊千瑠はにこりと笑んで弥琴に礼を言った。

通りは静かだが、そこかしこであやかしたちが覗き見ている気配がする。

弥琴は大門をくぐる伊千瑠の背を見ていた。あと一歩で姿が見えなくなる、そのときに、伊千瑠が振り返る。

「弥琴さん、あなたは燐の妻だとおっしゃいましたが」

通りに風が吹き黒髪が靡《なび》く。弥琴は呼吸を止め、美しい少女を見つめている。

「あの猫又は、わたしのものです」

そう言って、伊千瑠は大門の向こうへ消えていった。弥琴はしばらくその場を動くことができず、何もないところを眺めていた。


「伊千瑠さん、帰られました」

弥琴が屋敷に戻ると、燐はまだ客間にひとり座っていた。

「ああ。見送りを任せてしまってすまない」

「いえ……」

伊千瑠の去り際の言葉が気になるが、燐には言えない。

「あの、燐さん、伊千瑠さんを最初に見たとき、千鶴、と言いましたよね」

弥琴はおずおずと燐のそばに腰を下ろす。燐はちらと弥琴を見たが、すぐに視線を逸《そ》らした。

「そうだな。つい、口に出してしまった」

「伊千瑠さん、そんなに千鶴さんに似ているんですか？」

「いや、似ていない。見た目の雰囲気なら弥琴のほうがよほど似ている」

ただ、と燐はわずかに躊躇《ためら》ってから口にする。

「千鶴と同じ匂いがした」

だから思わず、かつての主人の名を呼んでしまったのだ。あの少女から、千年経っても忘れてはいない大切な人の匂いがしたから。

伊千瑠が話す前から燐はわかっていたのだろう。伊千瑠には、千鶴から色濃く受け継いでいるものがあるのだと。

燐が初めに弥琴に興味を持った理由は、千鶴と外見が似ていたからだという。それほど燐にとって千鶴は特別な存在であり、今も、かけがえのない愛しい人であるのだ。

伊千瑠から千鶴の存在を感じたとき、燐は何を思ったのだろう。まず驚いただろうか。そのあと懐かしく思っただろうか。

伊千瑠の姿に千鶴を重ねて、ほんの少しでも、愛おしく思ったのだろうか。

「鬼を、捜しに行くんですか？」

その問いに、燐は答えなかった。ただ微笑んで、

「弥琴が心配することは何もない」

そう言ったのだった。


その後、伊千瑠の話はしないまま夜を迎えた。

弥琴はなるべく考えないようにしていたが、どうしても伊千瑠の姿と、彼女が去り際に言ったひと言が頭に思い浮かんでしまう。

（……どういう意味だったんだろう）

自室で寝支度を整えると、のろのろと廊下へ出て燐の部屋へ向かった。結婚してから半年、いまだに別々の部屋で寝ているが、寝る前の挨拶は一度として欠かしたことがなかった。

一階にある燐の部屋は障子が開け放たれている。燐は、いつものように縁側の定位置に座り、裏庭を望んでいる。

いつも、弥琴が声をかけると優しい表情で振り返ってくれた。本当は声をかける前

から気づいていることを弥琴は知っていた。

だが今日はそうではない。燐は気に入っているお猪口《ちょこ》を盆の上に置いたまま、酒を飲もうともせずにぼんやりとどこかを眺めている。弥琴が訪ねていることにも気づいていないのだろう。燐はきっと、伊千瑠のことを考えているのだ。

(話題にしないだけで、頭の中は、ずっとそのことばっかり)

自分も燐も。昼間に現れたあの少女の存在に、心が掻《か》き乱されてしまっている。

「……」

弥琴は燐に声をかけないまま自室へ戻った。

布団ではすでにタロとジロが寝息を立てていて、弥琴は二匹をきつく抱き締めながら丸くなって目を閉じた。

なかなか寝付けずに、その日は、よくない夢を何度も見てしまった。


「昨夜、なぜおれの部屋に来なかった?」

翌朝、顔を洗ってから居間に向かうと、燐が朝食の用意をすべて済ませて待っていた。一瞬寝坊してしまったのかと思ったが、そんなことはない。燐のほうが随分と早起きをしたらしい。

支度を手伝えなかったことを謝ろうとすると、それより先に燐から昨夜のことを訊かれた。責めている様子はなく、単に普段と違うことを疑問に思っているようだった。

「えっと、すみません。ちょっとだけ体調が悪くて」

「体調が？」

「はい。それで、少し横になったらそのまま寝てしまって」

嘘を吐くのは気が引ける。しかし、燐に声をかけるのを躊躇った、などとは言えるはずもない。

「そうだったか。おれこそ不調に気づかなくてすまない。今は気分はどうだ？　朝食は食べられそうか」

「あ、はい。大丈夫です」

「いや、だとしても今日一日はゆっくり休め。帳場へはおれひとりで行こう」

燐に背を撫でられ、胸の奥が刺されるように痛んだ。休息など本当は必要ない。

「……はい。そうします」

必要ないが、燐のそばにいると余計なことを考えてしまいそうで、今日はひとりで過ごすことにした。

朝食をとり、後片付けを済ませると、燐は「何かあればすぐに呼べよ」と言い残し、帳場へ向かった。弥琴はしんと静かな住居にひとり座っていたが、やがてゆっくりと立ち上がる。

（本当に体調が悪いわけじゃないんだから、ぼうっとしてたって仕方ない）

箒《ほうき》と雑巾を手に取り家の中の掃除を始めた。まず二階をささっと手入れしてから、過ごす時間の多い一階に手を付ける。

燐の屋敷は広い。住居には余るほど部屋があり、帳場も大きく立派で、自慢の庭に囲まれている。ここで暮らし始めてしばらくはこの広さが落ち着かなかった。だがいつからかすっかり慣れてしまった。

タロとジロが走り回っていて、時々誰かが訪ねてきて、夜になると横丁の賑わいが聞こえてきて、いつだってそばに燐がいて。

（静かだなあ）

屋敷の広さなど忘れていたのに、改めて気づかされてしまった。そして、この屋敷でたったひとり過ごすことの寂しさが、心の底まで沁《し》みとおる。

（燐さんは、ずっとここにひとりでいたんだもんな）

人のそばで生まれ人と共に過ごした燐にとって、千鶴たちと別れてからの時間は決して最上とは言えなかったはずだ。人恋しく思うこともあっただろう。誰にも知られることのない孤独を感じる日もあっただろう。

誰かと共に生きるために、と嫁探しを始めた燐の思いが、今になって苦しいほど胸の奥を締め付ける。

燐は、誰かと生きたかったのだ。主人である千鶴や、その娘たちと共に生きたあの日々のように。千年前の記憶を、きっとずっと抱え、ひとりで生きてきたのだ。

（会いたかったんだろうな、本当は）

伊千瑠への燐の態度は温かいものではなかった。だが千鶴の血を継ぐ者に……伊千瑠に会えて嬉しいという思いが欠片《かけら》もなかったはずはない。

――あの猫又は、わたしのものです。

もしも燐が、千鶴へ向けていた思いを伊千瑠にも向けたら。伊千瑠の言った言葉のとおりに、燐が伊千瑠のものになったら。

（燐さんは、わたしの夫なのに）

でも、燐が、伊千瑠のものになることを望んだら――。

「……」

弥琴はその場にしゃがみ膝を抱えた。小さな呼吸の合間に掠れた声が漏れ、鈍く痛む目頭がじわりと熱を持つ。

（燐さんがわたしを捨てるようなことをするわけない。余計なこと考えちゃ駄目だ）

燐のことを信じていた。それでも嫌な感情がどんどん湧き出してくる。

燐に嫌われたくない。伊千瑠のことなんて考えてほしくない。あの子のことで悩まないでほしい。あの子の言うことなんて聞かなくていい。燐にとって一番大切な存在は、いつだって。

(わたしであったらいいのに)

膝に置いた手に涙が落ちた。しずくを三つ数えたところで、滲んで何も見えなくなった。

濡れた手の甲に額を擦り付ける。必死に嚙んだ下唇は情けないほど震えている。

(最低だ。気持ち悪い。こんなことを考えて泣くなんて、わたし)

自分に嫌気がさし、余計に涙が溢《あふ》れた。

いつからこんなにも心が脆《もろ》くなってしまったのだろうか。結婚する前はどんなに理不尽な仕打ちを受けても涙など流さなかったのに。そう、今までは、辛いことがあってもこんなふうに胸を痛めることはなかった。何も望まなかったから。

きっと、優しく名前を呼んでくれる声を知ってしまったときから、それまでの自分ではなくなってしまったのだ。

「弥琴」

すぐそばで、燐の声がした。弥琴は顔を上げようとしたが、自分が酷《ひど》い顔をしていることを思い出しそのまま俯《うつむ》いていた。

「大丈夫か？　気分が悪いのか？」

燐が隣にやって来る。背中に当てられた手の温度が布越しにじんわりと伝わる。

「……弥琴？」

弥琴が泣いていることに気づいた燐が、ぎゅっと包むように抱き締めた。

「まだ体調が万全ではないのだろう。そばにいるから、今日はゆっくり休むといい」

弥琴の涙の理由を、燐は見透かしてはいなかった。普段の燐ならば気づいたはずだ。

（燐さんも、いっぱいいっぱいなんだ）

いつだって余裕がある燐が、いつもどおりでいられなくなっている。

本当はこんなとき支えになってあげるのが妻の役割なのだろう。

（それなのにわたしは自分までいらないことで悩んで、情けない）

考えて泣いたところで意味はないとわかっている。それでも心が思うとおりに動いてくれなかった。

弥琴は、せめて声は上げないようにと泣いた。燐はずっと、丸くなった弥琴の背を撫でていた。

＊

それからは、なるべく普通に過ごすことを心掛けた。燐と共に食事をし、仕事もして、夜になると賑やかな黄泉路横丁へ行きあやかしたちと笑い合う。

燐も――心中まではわからないが――いつもと変わらないように見えた。気ままに帳場に向かい、飽きると住居で弥琴を昼寝に誘う。夜の挨拶に弥琴が部屋へ行くと、飲んでいた酒を置き、ふわと柔らかな表情で微笑んだ。

もちろん、何も考えていなかったわけではないだろう。しかしお互い伊千瑠のことを話さないまま、伊千瑠がふたたびやって来る日の前日となっていた。

「もうほんと！　絶対あんな小娘、二度と横丁に来させちゃ駄目ですよ！」

日が暮れたので仕事を終わらせ、弥琴は燐と共に横丁の串焼き屋で夕食をとっていた。軒先の席で喧騒《けんそう》にまみれながら食事をしていると、酔っぱらった一体のあやかしが顔を真っ赤にして近づいてきた。

「もう儂は、絶対に許せないんだから！」

「そうよそうよ！　こいつの言うとおりですよ燐様！」

「次来たらおれが大門の向こうへ送り返してやる！　ちょっと怖いけど」

他のあやかしたちも同意して騒ぎ出す。燐は呆れた顔で頬杖を突きながら「あんな小娘？」とあやかしに訊いた。

「こないだやって来た人の娘ですよ。美人だったけど、性格はサイアクぅ」

伊千瑠のことだと気づき、どきりと心臓が跳ねる。燐は表情を変えず、ぶうぶうと言っているあやかしたちを見ている。

「なぜそこまで言う。伊千瑠なら、おまえたちは話もしていないだろう」

「だって、だって！　あの小娘、帰り際に奥方にあんなことを言って！」

燐の目がすっと細められた。

「あんなこととは？」

弥琴は慌ててあやかしの言葉を止めようとしたが、そんな弥琴を燐が止める。燐に視線で「言え」と促され、あやかしは興奮気味に張り上げた。

「燐様は、自分のものだと！　もう腹立ったらありゃしない！」

燐が眉間にしわを寄せた。闇夜にも光る瞳が弥琴に向けられる。

「本当か？」

弥琴は視線を泳がせつつも頷いた。あやかしたちにも聞かれていたのだから、ここで誤魔化しても仕方ない。

「でも、わたしは気にしていませんから」

「なぜおれに言わなかった」

「だから……気にしていなかったので」

徐々に視線が下がっていく。これでは嘘だと言っているようなものだった。

燐もさすがにわかっているだろう。だがそれ以上追及してくることもなく、気ままなあやかしたちも間もなく違う話をし始めた。

弥琴は外れた調子の音頭を聞きながら、いつもならとても美味しいはずのねぎまを義務のように飲み込んだ。


自室の布団にタロとジロを寝かし付け、弥琴は寝る前の挨拶をするため燐の部屋へと向かった。燐はやはり縁側にいたが、今夜は酒を飲んでいなかった。代わりに置かれた盆の上には急須と湯飲みがふたつ。

「弥琴、話がある」

燐は弥琴がやって来るのを待っていたようだ。

「伊千瑠さんのことですか」

と問うと、「そうだ」と答えが返ってきた。

部屋に入り、燐の隣へ座る。燐がふたつの湯飲みへ緑茶を注いだ。

弥琴は、茶に口を付けるよりも先に、

「わたしは燐さんに、幽世へ行ってほしくありません」

と言った。

燐が静かな表情で見つめている。両手をきつく握り、泣いてしまいそうになるのを堪えながら、弥琴は燐の瞳を見つめ返す。

「鬼の居場所がわかっているならまだしも、捜さなければいけないんですよね。どれだけの時間がかかるかもわかりませんし、幽世は、現世と違って危険なところもあるんでしょう」

幽世は現世よりもはるかに広大だと聞いたことがある。恐ろしいあやかしも多く棲む中、どこにいるかもわからない鬼を捜索することは、いくら燐といえど簡単なことではないはずだ。何が起こるかわからない。いつ戻れるかもわからない。

「燐さんも言いましたよね、伊千瑠さんはすでに燐さんとはなんの関係もない人です。燐さんが伊千瑠さんの言うとおりにする必要なんて、ないと思います」

たとえ伊千瑠の望みが些細なことであったとしても、燐が千鶴の飼い猫として伊千瑠の頼みを聞くのは嫌だった。けれど、弥琴にそこまで言うことはできない。だからせめて、伊千瑠のために危険を冒すことはしないでほしいと伝えたい。

「お願いです。幽世へは行かないでください。もしも燐さんに何かあったら……」

そこまで言って口を閉じた。唇を噛んでいなければすぐにでも涙が溢れてしまいそうだった。

少しだけ、静かになる。弥琴は燐の優しい表情を見ていられず、膝に置いた自分の手へ視線を落とした。

衣擦れの音がする。燐の手が、弥琴の髪をそっと撫でる。

「弥琴。おれは、鬼を捜しに幽世へ行く」

思わず顔を上げた弥琴に、燐はやはり、他の誰にも見せない表情を向けていた。

「……伊千瑠さんの願いを聞くと？」

「ああそうだ。弥琴はこの家で待っていてくれ。幽世は危険だから、おまえを連れては行けない」

「そんな危険なところへ燐さんは行こうとするんですか。いくら燐さんだって」

「承知のうえだ」

燐の言葉に揺らぎはなかった。もうすでに、はっきりと決めていたのだろう。弥琴に何を言われようとも、燐は最初から意思を変えるつもりなどなかった。

(本当は、わかってた。燐さんが伊千瑠さんの望みを聞き入れることを)

幽世へ行くことを。だから行かないでと懇願したのだ。

どうしてこの頼みは聞いてくれないのだろう。どうして伊千瑠の望みを優先するのだろう。どうして、伊千瑠のために命をかけようとするのだろう。

どうして、燐は——。

「わたしよりも、伊千瑠さんや、千鶴さんのほうが大事ですか」

口にしてしまってから後悔した。こんなことを言ったところで意味はない。燐をいたずらに困らせるだけだ。

「……すみません、忘れてください」

「いや」

燐の手が弥琴の手に触れる。右手に左手を、左手に右手を、丁寧に包み、温度を分け与えるように手のひらを合わせる。

「おれこそすまない。弥琴に辛い思いをさせてしまっているのは理解している」

互いの左手の薬指には、揃いの銀の指輪が嵌《は》められていた。夫婦の証《あかし》として祝言の日に燐から贈られたものだ。弥琴も、燐も、相手の指にこのしるしを嵌めたそのときから、一度として外したことはなかった。

「おれは、けじめをつけなければいけないんだ」

燐は静やかな声でそう言った。

「……けじめ？」

「千鶴は最後、自分たち家族に縛られることなく、もう自由に生きていいとおれに言った。だが、おれのほうが千鶴たちとの繋がりを絶ちきることができず、いつでも呼んでいいと伝え、鈴を渡してしまった」

広い屋敷に音はなく、横丁の宴の騒ぎが遠くから聞こえるくらいだ。だから言葉の合間のかすかな息の音さえはっきりと耳に届く。

視線が重なり、声を聞き、触れた肌から温《ぬく》もりを伝え合う。すぐそばにいるのだと実感する。

「千鶴の血を継ぐ者に呼ばれた今、あの者の望みを聞くことで、おれは千鶴の飼い猫であることを終わらせる」

燐は長い瞬きをした。

ぎゅっと握られた手を、握り返す。

「これが終われば、おれは正真正銘、弥琴だけのものだ」

その言葉こそ、燐が真に決意していたことであり、今夜弥琴に伝えようとしていたことであった。

伊千瑠のものでも、千鶴のものでもない。弥琴ただひとりのものとなると――何も憂えることなく、弥琴の夫で在り続けると。

(燐さん)

弥琴は泣いてしまわないよう必死に堪えていた。けれど、泣いてもいいと言うように燐の指が下瞼をなぞるから、我慢していた涙が溢れて落ちた。

燐に抱きつき、首筋に顔をうずめる。弥琴の背にも燐の腕が回り、心地よくきつく抱き締め返される。

自分の体が燐の体温と匂いで満ちた。ずっと、知らずに生きてきたはずなのに、もうこれがなければ生きてはいけないとさえ感じる。

久しぶりに呼吸の仕方を思い出したような心地だった。燐の心音をひとつ聞くたび、体から嫌なものが消えていく。

（燐さんを、信じよう。それが今のわたしにできることだから）

弥琴はしばらく涙を止めることができなかった。燐は、弥琴が泣き終えても、腕の中に抱いていてくれた。

弓張月の夜更け。

その日、弥琴は初めて、燐の部屋で夜を越した。

＊

翌朝、支度を済ませてから、弥琴は燐、そしてタロとジロと共に、屋敷の数寄屋門の前に立った。間もなく横丁の大門を通りやって来るひとりの姿が見える。

「……来られましたね、伊千瑠さん」

「ああ」

燐は短くそれだけ答え、真っ直ぐに伊千瑠を見つめている。

伊千瑠は、先日と同じセーラー服に、革のボストンバッグと、細長い布の袋を持っていた。迷いのない足取りで、静かな横丁を――けれど至るところからあやかしたちが覗き見ている横丁を、こちらへ歩いてくる。

「おはようございます。待っていてくださったんですね」

屋敷の前まで来ると、伊千瑠はにこやかに笑んで頭を下げた。

「それで、燐。鬼を捜しに行く準備はできましたか？」

「おれが幽世へ行くことを確信している問いだな」

「行かないのですか？」

挑発的な視線を受け、燐はやや間を置いてから大きなため息を吐く。

「行ってやる。ただし、幽世はおまえの想像をはるかに超えた場所だ。おまえの望みどおりにはならないこともあると思っておけ」

「鬼が見つからない可能性もあると」

「千鶴と恋仲であった鬼は、幽世の門ができてしばらくした頃から行方がわからなくなっている。弟分である向こうの管理番ですら鬼が今どこにいるのかを知らない」

「できることを尽くした結果なら、受け入れましょう」

その言葉は暗に「途中で諦めることを許さない」と言っていたが、燐は何も言わなかった。

「これが何かわかりますか、燐」

伊千瑠は肩に掛けていた細長い袋の口を開けた。するりと捲《まく》られた布の中から、刀の柄《つか》のようなものが見える。

「千鶴の刀」

　と、臙脂《えんじ》色の柄糸を目にした燐が呟いた。

「そのとおり。千鶴があやかし退治に使っていた、破妖の太刀です」

「……その刀までおまえの家に残っていたのか」

「いいえ。これは、千鶴が猫又の又三郎へ預けていたものです。わたしが先日、又三郎から返してもらいました」

　伊千瑠は刀を袋に仕舞い直し、口を丁寧に紐で結んだ。

「それをおれに持って行けと？」

「いいえ。わたしが持って行きます」

「なんだって？」

「わたしも一緒に幽世へ行くと、言っているのです」

　燐は束の間言葉を失った。やがて「馬鹿を言え」と零《こぼ》し、顔をしかめる。

「向こうにいるのは、おまえが見てきたようなのんきなあやかしばかりではないぞ」

「もちろん理解しています」

「刀があればあやかしを斬れるとでも言うんじゃないだろうな」

「わたしに扱えるものではないことはわかっています。これはただのお守りです」

「おれひとりではおまえを守り切れんこともある」

言い切る燐に、伊千瑠は押し黙った。

「あの」と、弥琴は思わず口を挟む。

「伊千瑠さんって学生さんですよね。おうちのこととか、学校もあるんでしょう。もし何日も戻れないとしたら、ご家族やお友達が心配するんじゃ」

すると、伊千瑠が作り物のような笑みを向けた。

「お構いなく。どうとでもなります。普段とても良い子にしていますから、その分どんな言い訳でも信じてもらえるんですよ」

「だとしても……」

「祖母が協力してくれています。家にも学校にも、精神的な理由から体調を崩し祖母の家で療養する、ということにしていますから。悪化を防ぐため普段の交友関係を遮断するとも伝えてあります。これで、親しい人としばらく連絡を取らなかったとしても違和感はないでしょう」

弥琴は何も言えなくなってしまった。伊千瑠はしっかりと準備をして今日ここへ来たのだ。おそらく一週間前に屋敷を訪ねて来たときにはすでに、共に幽世へ行くつもりだったのだろう。

「お願いです。わたしを連れて行ってください」

伊千瑠は太刀を胸に抱きながらそう言った。

燐は返事までに時間をかけ、随分間を空けたあとで、

「……わかった」

と答えた。

「燐さん」

「大丈夫だ弥琴。心配するな」

「でも」

「大丈夫」ともう一度言い微笑む燐に、弥琴は不安に苛《さいな》まれながらも頷いた。

帳場を通り、裏玄関を抜ける。その先は星も太陽もない異空間。

果てしなく続く水辺の上を、真っ赤な欄干の橋が渡り、その向こうには、本当の異世界——幽世へ続く門がある。

巨大な鳥居の形をした、幽世の門。この先へは弥琴も行ったことがない、あやかしの世界が広がっているのだ。

「タロ、燐さんと伊千瑠さんを頼んだよ」

弥琴はしゃがんでタロのふわふわの白い毛を撫でた。タロは燐の供として幽世へ向かう。弥琴とジロは屋敷で留守番だ。しばらく離れ離れとなる狛犬たちは、互いの鼻先をくっつけ合い挨拶していた。

「では、行ってくる」

「はい。お気をつけて。伊千瑠さんも、無茶はしないように」

「ありがとうございます。肝に銘じておきます」

燐たちは弥琴に背を向け、幽世の門へと足を踏み出した。

弥琴は胸の前で両手を握る。

すると、ふと足を止めた燐が振り返り、弥琴の頬に手を寄せた。

「忘れるな。おれは必ず、弥琴のもとへ帰る」

額がこつりとぶつかる。燐は柔らかく笑って、今度こそ弥琴に背を向けた。

「……燐さん！」

歩いていくふたりと一匹の姿は、やがて靄《もや》に紛れ見えなくなった。

弥琴はしばらくその場を動けず、誰もいなくなった空間をじっと見つめていた。

第二話

大鳥居の向こう側

燐のいない黄泉路横丁での日々が一日一日と過ぎていく。

管理番がいなければ幽世の門の通行許可が出せないため、燐が不在の間、弥琴の帳場での仕事は休みとなっていた。

今できることと言えば、たまに訪れるあやかしたちに燐の不在を伝えるくらい。他には屋敷の掃除や庭の手入れしかすることがなく、味気ない時間を過ごしていた。

「ひとりだとごはん作るのも面倒なんだよねえ」

おやつどき、表の庭を眺められる縁側で大福を頬張りながら、弥琴はジロに話しかけた。とはいえジロは寝ているから、ほとんどひとりごとのようなものである。

「せめて昼くらいは作ろうと思ってたけど、明日は出前頼んじゃっていいかなあ」

燐と暮らしている間、朝食は燐が、昼食は弥琴が作ることが多かった。夜は共に作るか、気が向けば黄泉路横丁へ食べに出かける。なんにせよ、ほとんど毎食ふたりで一緒にとっていたのだが、ひとりだと食事を作る気も起きず、燐がいなくなってからの夕飯は毎日横丁で済ませていた。

(この調子だと、すぐに朝と昼も作らなくなりそう)

弥琴は自分にため息を吐く。

屋敷の中は随分と静かだ。ジロもそばにいてくれるし孤独だとは思わないが、燐がいないだけで、日々をどう過ごせばいいかわからなくなる。

（ずっとひとり暮らししてたのになあ）

燐と過ごしたたった半年の間に、ひとりで生きることがすっかり下手になってしまったようだ。自分の毎日に燐がいることが当たり前になっていたから。

朝の淡い空の下にも、昼の鮮やかな日差しの中にも、夜の月が見守る先にも、いつだって燐とふたりでいた。これからもずっと、そんな日々を当たり前だと思い続けられたらいい。燐のいない縁側で、しみじみとそう思う。

「わふぅ」

ジロが鳴く。目を覚ましたのかと思ったが、狛犬の瞼はまだぴたりと閉じていた。タロと走り回る夢でも見ているのだろうか、ジロはもったりとした手足をぱたぱた動かしている。

「ジロも、早くまたタロと遊びたいよね」

口元からはみ出た舌をつつくと、指先をちろりと舐められた。弥琴はジロの頭を何度も撫でてから、ふたつめの大福を齧った。

燐が不在でも、黄泉路横丁のあやかしたちは変わらず宴を繰り広げている。

弥琴は通りに灯りがともると屋敷を出て、賑やかな騒ぎの中に混ざって歩いた。そうしているとどこかしらの食事処《しょくじどころ》から呼ばれるから、声をかけてくれたところで夕食をとるようにしていた。

弥琴がひとりで食事をしていると、必ずあやかしたちがわらわらと寄って来て、弥琴を巻き込んでの宴会を始める。彼らなりに弥琴を気にかけてくれているのだろう。燐が旅立った日の夜などは「奥方が寂しくないように！」と明け方まで屋敷に帰してくれなかったほどだ。さすがに体力が持たず朝まで付き合ったのはその日だけだが、以降も夜が更けるまではあやかしたちの厚意に甘え、共に酒を飲み笑い合う時間を過ごしていた。

「燐様はまだ戻られないのかなあ」

と、今日も弥琴の周囲に集うあやかしの中で、両手に酒瓶を持った緑の肌の者が呟いた。弥琴はつゆだくの牛丼の最後のひと口を飲み込んだところだった。

「燐様が幽世に行ってから、もう一週間以上経ってるのに」

「そうだなあ。今どこで何をしているのかもわからんし」

「心配だよ。おいらもお供すりゃよかった」

騒いでいた他のあやかしたちも急に大人しくなり、場がしんみりとしてしまう。

「って、おいらたちが弱気になっちゃいけねえ！　燐様の帰りを一番待ってるのは奥方なのに！」

はっとして、今度は皆、口々に弥琴を励まし始めた。

あやかしたちの素直な態度に、弥琴は思わず笑ってしまう。

「わたしは平気ですよ。燐さんなら大丈夫だって信じていますから」

「おれらだってもちろん信じてますぜ！」

「ただ、幽世は現世とは全然違うって聞いてるから、ちょっと心配しちゃうだけで」

弥琴はあやかしたちの言葉に頷いた。

弥琴と同じく、あやかしである彼らも幽世のことはほとんど知らない。彼らの多くは現世で生まれ現世で育った。幽世は、現世のあやかしにとっては未知の世界であるのだ。そして、現世と違い恐ろしいあやかしも棲んでいるということだけは確かなこととして知っている。

もちろん、幽世のすべてが危険なわけではなく、安全な場所、秩序の保たれた町も多く存在するという。幽世へ行くこと自体は決して覚悟のいることではない。

ただ、燐たちは鬼を捜すという目的を持って幽世へ渡ったのだ。そうなれば安全地帯ばかりを旅するわけにもいかないだろう。むしろ、そうではない場所にこそ向かわなければいけないはずだ。

燐たちが今どこにいて、何をしているのか。現世で待つ弥琴たちに知る術《すべ》はない。

あやかしたちが不安になる気持ちは理解できた。弥琴だって、信じていると言いながらも、やはり心のどこかでは燐の身を案じ続けているのだ。ただ無事に帰って来てほしいと、そればかりを思っている。

「でも、うちらも幽世のことはわかんないけど、燐様もあまり詳しくはないよね」

毛むくじゃらのあやかしが太い腕を組みながらそう言った。

「そうなんですか？」と弥琴が訊くと、毛むくじゃらは曖昧に頷く。

「まったく知らないってわけじゃないけど、燐様は現世育ちだし、幽世へ行ったことは数えるほどしかないはずだよ」

「……そう、ですか」

「おい、奥方を不安にさすようなこと言うんじゃねえ！」

緑肌が毛むくじゃらをぽかりと叩《たた》く。毛むくじゃらは慌てて謝り、弥琴は「気にしないで」と両手を振った。

その日も、弥琴は日付が変わるまであやかしたちと過ごした。いつもよりもたくさん酒を飲んだが、どうしてかどれだけ飲んでも酔わなかった。

屋敷に戻った弥琴は、湯船に浸《つ》からず体だけ洗って風呂を済ませ、さっさと寝る準備を始めた。

　自室の布団にはすでにジロがいる。先に寝ていることの多かったジロだが、弥琴とふたりきりで過ごすようになってからは、弥琴が眠るまで起きているようになった。

「ジロ、ごめんね、眠かったでしょ」

「わふぅ」

「ふふ、先に寝ちゃっててもいいのに」

　弥琴は布団に入り、ジロの身にも掛布団をかけた。ジロはすぐに目をとろんとさせうとうとし始める。

　ジロの高い体温に触れ、いつもなら弥琴もすぐにまどろむはずだった。けれど今夜はなかなか寝付けない。

「ねえジロ、わたしね」

　小さな声で、もう閉じてしまった狛犬の瞼に話しかける。

「燐さんに幽世に行かないでほしいっていうのが一番の願いだった。でもね、燐さんが行くって言うなら、本当は、わたしも一緒に連れて行ってって言いたかったんだ」

　燐と話をしたあの夜、燐の腕の中で何度その言葉を飲み込んだかわからない。

　一緒に行きたかった。危険な旅になるとわかっているからこそ、燐をひとりで行かせたくなかった。苦しいときこそそばにいたい。ふたりで支え合って乗り越えたい。

「だけど……わたしが付いて行っても邪魔になるだけだから」

綿菓子のような白い毛を撫でつけた。ジロは幸せそうな顔をして、早くも寝息を立て始めている。

「一緒に行きたいって言っても、燐さんを困らせるだけでしょう。それに燐さんは、わたしを危ないところに連れて行くのを嫌がるだろうから」

弥琴は目を閉じ、ジロのふかふかの毛の中に顔をうずめた。胸の中心からせり上がってくるものが溢れてしまわないよう、少しずつ息を吐き出す。

「わたしがどうしてもってお願いしたら、伊千瑠さんみたいに、連れて行ってもらえたと思う。でもわたしがいるせいで燐さんに迷惑がかかったらって考えたら、一緒に行きたいなんて言えるはずもないよ」

単に足手纏いになるだけならまだいい。もしも燐が、弥琴を守るために怪我《けが》でもしたら……命を危険に晒《さら》すようなことになったら。

「だから、これでよかったって、思ってたけど」

自分の身を自分で守ることすらできないなら、残って正解だったはずだ。そう思うようにしていたが、燐が戻らない日が続くほど、後悔が大きくなっていく。

(やっぱり、一緒に行けばよかった)

どれほど恐ろしい場所でも、この身にどんな危険が及ぼうとも、自分の知らないところで燐に何かが起きるくらいなら、どんな場所にだって付いて行って、いつだって燐のそばにいればよかった。誰に何を言われようと、燐と一緒に幽世の門を渡り、果ての知れない旅に出かければよかった。

（もしもあのときに戻れたら、絶対にわたしも幽世に行くのに）

今なら絶対にそうするのに、今の自分には幽世へ行く手段すらなかった。もしも、なんて考えたところで意味はない。何を思ったところで、できることはただひとつしか残っていない。

（燐さんが無事に帰ってくるのを、ここで待つしかない）

またふたりでのんびりと笑って過ごせる日が来ることを、心から願いながら。今夜も、燐の帰りを待っている。

＊

燐と伊千瑠が幽世へ向かい、二週間が経った。

幽世のどこかにいる燐と連絡を取る手段はなく、状況もわからないまま。弥琴は日に日に不安を募らせながらも、黄泉路横丁での日常を過ごしていた。

それは、昼過ぎ。

早めの昼食を済ませ、朝に干した布団を取り込んでいたときだった。

――ガラァン、ガラァン、ガラァン……

大きな鐘の音が横丁中に響き渡った。

幽世からあやかしがやって来たときの合図の音だ。燐が不在の今、一般のあやかしは幽世から現世への移動を許可されないだろう。ならば、幽世の門を通ってやって来るのは、ただひとりしかいない。

「……燐さん」

弥琴は持っていた布団を縁側に置き、急いで帳場へ向かった。

燐が帰って来たのだ。

長い二週間だった。でも帰って来てくれた。何をしよう。何を話そう。まずはおかえりと言って、干したての布団の中でゆっくり休んでもらって、それから、燐の好きなものを一緒に食べて、静かな縁側でふたりの二週間のことを教え合おう。

(早く会いたい)

弥琴が帳場へ到着すると、鐘の音を聞きつけた横丁のあやかしたちもわらわらと集まって来た。

「お、奥方！　燐様が帰られたんですね」

今日は宴だ、と浮かれるあやかしたちに、弥琴は顔を綻ばせる。燐に聞かれれば、宴よりもまずはゆっくり寝かせろと言われそうだ。それでも燐なら渋々付き合ってくれるだろうけれど。

「……」

弥琴たちは、幽世の門に繋がる帳場の裏玄関が開くのを待った。

間もなく、扉が開かれる。

その扉の向こうから、現れたのは——

「なんだ、総出で出迎えとは気が利くじゃねぇか」

——燐では、なかった。

黒地の着物を纏った、烏羽色《からすばいろ》の髪の美青年。頭には髪と同じ色の猫耳が生えていて、腰元では長い一本の尾が揺れている。

「火柄、さん？」

「よう弥琴」

火車の火柄。幽世側から門を守る者——現世の門の管理番であり、燐の古くからの親友で、燐のことが大好きな、弥琴の恋敵でもあるあやかしだ。

思いがけない火柄の登場に、帳場に集っていた一同は束の間ぽかんとし、やがてざわつき始めた。なぜ火柄が、燐はどこに、と皆戸惑っている様子だ。

もちろん弥琴も同じ気持ちであったが、ひとまず「こ、こんにちは、火柄さん」と挨拶をした。失礼な態度を取り火柄を怒らせるわけにはいかない。

「あの、いらっしゃいませ。すぐにお茶を」

「いらん。長居する気はない」

言い切った声音の鋭さに、ざわめいていた空間がぴたりと静まる。

呼吸音すら止《や》んだ沈黙から、皆の緊張がひしひしと伝わってきた。なんだかんだであやかしたちに甘い燐と違い、火柄は気性が荒く苛烈な性質だ。そのため、横丁のあやかしたちは火柄をひどく恐れているのである。

「えっと……」

弥琴も、火柄のことがまったく怖くないわけではない。だが火柄とは、燐を巡ってひと悶着起こした経験がある。対等に向き合うための腹ならとうに据わっている。

「では、火柄さん、どんなご用事で」

訊ねると、火柄は腕を組んだ。その仕草ひとつで周囲のあやかしたちは一斉に三歩下がった。

「一応おまえには伝えておこうと思って来てやったんだ。優しいおれに感謝しろ」

「……伝える、とは」

燐のことだろうとは想像がつく。燐は幽世へ渡ったとき、火柄に会い目的を話しているはずだ。火柄がひとりで来たということは、燐はまだ戻っていないのだろう。

弥琴を敵視しているはずの火柄が自ら現世を訪ねてまで、弥琴に伝えに来たこととは——。

「燐の行方がわからなくなった」

火柄は淡々とそう告げた。

弥琴が言葉を発せずにいると、火柄は眉根を寄せて首を振り、座敷の上《あ》がり框《がまち》にどかりと座る。

「燐が幽世に来た理由は聞いている。だが兄者を……千鶴の番《つがい》であった鬼を捜すなど一筋縄じゃあいかねえし、何よりあのいけすかねえ小娘、全っ然信用ならねえ」

いけすかねえ小娘とは伊千瑠のことだ。彼らがどんな対面をしたのか知らないが、反りが合わないだろうことは想像できる。

「だからおれも一緒に行こうとしたんだ。だが管理番がふたりとも門を離れるわけにはいかねえと言われちまった。仕方なく付いて行くことは我慢してやったが、その代わり、燐に追跡のための鬼火を付けたんだ」

火柄は右の手のひらから、ぼうっと青白い炎を出した。

「これがありゃ、大まかにだが、燐の居場所を把握できる」

「火柄さんは、それで燐さんがどこにいるかを確認していたんですね」

「ああ。おおよその進路は摑んでいる」

だが、と火柄は続ける。

「先刻、鬼火が消えた。おれの鬼火はそう簡単には消せねえのにだ。何があったかはわからねえが……嫌な予感がする」

嫌な予感とは、と訊こうとして、口を噤んだ。火柄の険しい表情が物語っていた。言いたくはないはずだし、聞きたくもない。考えたくもないが、考えてしまう。

(もしも燐さんが、危ない目に遭ってたら)

指先が急速に冷えていた。拳を握ろうとしても力が入らず、ぎこちなく指をすり合わせた。

鼓動が速くなる。

大丈夫、燐なら心配ない。鬼火が消えただけで燐に何かがあったとは限らない。もしも不測の事態が起きたとしても、うまく対処するはずだ。

必死に自分に言い聞かせても、胸のざわめきが治まらない。

「おれはこれから燐を捜しに行く」

火柄が立ち上がった。炎のような赤い瞳が、あやかしたちの前に立つ弥琴を見据えていた。

「おれはてめえを燐の嫁とは認めてねえが、好敵手とは認めてやってんだ。せめてこんくらいのことは教えてやらねえとと思ってここまで来た。そんだけだ。じゃあな」

火柄はそう言って背を向け、裏玄関へ向かった。

燐のものに似た下駄の音が帳場の通り土間に響く。

「ま、待ってください！」

弥琴は咄嗟に声を上げた。

「わたしも行きます。一緒に行かせてください」

意を決したと言うには随分頼りない声だった。けれど横丁のあやかしたちは弥琴の発言にどよめいた。

「奥方、なんてことを！　いけません、危ないですよぅ！」

「そうですよ！　幽世には現世と違って怖ぁいあやかしもうようよいるんですから！」

口々に弥琴を止めようとするあやかしたちを、弥琴は振り返らない。足を止めた火柄の背だけを真っ直ぐに見つめる。

「火柄さん、お願いします」

肩越しに火柄が弥琴を見た。

「本気か？」

弥琴ははっきりと首を縦に振る。

からんと一度下駄を鳴らし、火柄が弥琴に向き直る。

「おれはおまえに何かあっても守らない」

静かだが、身を貫くような鋭い声音だった。弥琴は思わず唇を噛んだ。

もちろん承知のうえだ。火柄が自分を守ってくれるなどと思ってはいないし、守ってもらおうとも考えていない。

だが、火柄の冷えた声と視線に怯《ひる》んでしまった。構わないと言うべきなのに、返事ができない。

「わふんっ」

静まっていた帳場に鳴き声が響き、弥琴は視線を移した。あやかしたちの間から、ジロが窮屈そうにすぽんと顔を出した。

「ジロ、どうしたの」

弥琴が呼ぶと、ジロは弥琴の足元に駆け寄って来る。

「ふんふん。わふわふ」

「……もしかして、ジロも一緒に行ってくれるの？」

「わふっ」

ジロが元気に吠《ほ》えた。弥琴は、自分を見上げる丸い目を見つめ、頷く。

玄関は常に開かれていて、反対に表玄関のほうは管理番の許可がない限り開かないようになっている。現世から来るあやかしを迎えるため、そして幽世から現世へ危険なあやかしを向かわせないための決まりなのだそうだ。

「少し待っていろ。饅頭《まんじゅう》が残っていたはずだ」

帳場に着くなり、火柄はそう言って座敷へと上がった。

「いえいえ、お構いなく」

「馬鹿野郎、てめえをもてなすための菓子じゃねえよ！」

「あ、そうなんですか？」

火柄は座敷の奥から、茶色い皮の饅頭をひとつ手摑みで持って来た。

「こっちのもんを食えば人の匂いが薄くなる。人の匂いにつられて寄って来る奴もいるからな。面倒なのは避けるに限るだろ」

「はあ」

手の中にぼとりと落とされた饅頭をつまんだ。一見、ごく普通の美味しそうな茶饅頭であるが。

「これを食べたら、人じゃなくなって現世へ帰れなくなる、とかないですよね？」

弥琴は『よもつへぐい』という言葉を思い出した。古事記に書かれているもので、黄泉《よみ》の国のものを食べるとそちら側の住人となり、もう現世へは戻れなくなってしまう、という神代の話のひとつだ。

「はあ？　何をわけのわかんねえこと言ってんだ」

火柄がこれ見よがしに顔をしかめる。

「んなことあるわけねえし、あったとして食わせるわけねえだろ。てめえみてえなあほ面に幽世に居座られちゃ迷惑だ」

「で、ですよね」

「馬鹿げたこと考えてねえでとっとと食え。毒虫食わせて土に埋めるぞ！」

「はいぃ！」

弥琴は饅頭をひと口で頬張った。黒砂糖が利いた皮に、甘すぎない餡《あん》がほどよく合わさったとても美味しい饅頭だった。

「んむむ……おいひいれす」

「あたりめえだろ。おれがくれてやったもんまずいっつったら八つ裂きにしてやるよ」

「むぐぅ」

弥琴が必死に咀嚼《そしゃく》している間、火柄はジロのほっぺたを伸ばして遊んでいた。

ごくりと甘い菓子を飲み込む。弥琴としては何も体に変化は感じられない。が、火柄は弥琴の首筋に鼻を寄せると遠慮なく匂いを嗅ぎ、「よし」と頷いた。

「ちゃんと効いてきてんな。しばらくすりゃもっと薄れてくるだろ」

「そうなんです？　自分じゃよくわからないですけど」

「でもまあ、一時的なもんだ。現世に帰って向こうのもんを食ってたらまた戻る」

火柄が座敷から降りた。行儀よくお座りしていたジロも立ち上がる。

「そう簡単に人であることをやめられるわけねえっつうの」

小気味いい下駄の音が響く通り土間を行き、火柄はぴたりと閉じていた表玄関の扉を開けた。

外には真っ直ぐな石畳の道が続いていた。両端は深い竹林になっていて、茂った葉が頭上を覆っている。わずかな木漏れ日だけが石畳に降り注いだ。さらさらとした葉擦れの音と足音だけが聞こえる道を、ひたすら真っ直ぐ歩いていく。

（ここはもう、幽世なんだよね）

どこまでも続くかに思えた直線は、やがて黄泉路横丁の大門に似た造りの、堅固な扉に行き当たった。

扉は、近づくとひとりでに開き始める。隙間から入り込む陽光の眩《まぶ》しさに、弥琴は咄嗟に目を細めた。

馴染ませるよう、少しずつ瞼を開ける。同時に扉も開ききり、弥琴はその向こう側を目に映す――その先は、紛《まご》う方《かた》なき、あやかしの世界。

「……わあっ！」

大きく声を上げた。扉の手前まで静かだったのが嘘のように、吹く風に乗り、賑わいと音楽が聞こえてくる。

「ここが現世の門の周囲に栄える町。〈伽歌《かか》の都〉」

鮮やかで妖美な和の都市だった。

朱や緑、白などに塗られた数階建ての木造建築が、大きな通りに遥か先まで建ち並んでいる。提灯のぶら下がる外壁には植物が這《は》い屋根瓦まで伸びていた。そこかしこから突き出す看板には、朽ちて今にも外れ落ちそうなものもある。だが誰もそんなことに構わない。

異形のあやかしたちは、真昼間でも煌々と灯りをともす幾千もの提灯の下、大通りをあちらへこちらへ自由に闊歩《かっぽ》していた。

煙のもうもうと立つ屋台に並ぶ者、崩れそうな荷を運ぶ車を引く者、三階の窓から下へ向かって呼んでいる者、通りの真ん中で笛を吹き踊るあやかしと、それを見て手を叩く客たち。

現世と違う黄金色の空の下、弥琴の眼前には、華やかで賑やかなあやかしたちの都が広がっていた。

「幽世で『町』と呼ばれる土地の中じゃあここが一番栄えている。おれがいるから治安もいいしな」

火柄は両手を袖の中で組み通りを進み始めた。弥琴は慌てて追いかける。

「それにしても、本当に立派な町ですね」

建物や街並みの雰囲気は黄泉路横丁と似ているが、規模がまるで違う。建物の大きさ、通りの長さ、おそらく町全体の大きさも、こちらのほうがずっと巨大であるのだろう。加えて、夜にしか騒がない黄泉路横丁と違い、ここでは日が昇っている間も賑やかだ。

「この大通りが都の中心部だ。ここからずっと町が広がっていて、ここらはまだそれなりだが、端のほうへ行くほど猥雑《わいざつ》になる。そこはそこで楽しいんだけどな」

「へえ……」

「そも暮らすあやかしの数も尋常じゃねえ。ずっとこの地に根付く者はもちろん、現世からやって来て、そのまま伽歌に棲み着く奴も多い」

「それならわたしが知ってるひともいるかもしれませんね」

弥琴はきょろきょろとあたりを見回してみた。すると、あやかしたちが遠巻きにこちらを見ていることに気づいた。もしや人間である弥琴を訝《いぶか》しんでいるのだろうか、と一瞬不安になったが、よく見れば彼らの視線は弥琴には向いていない。

（あ、みんな火柄さんを見てるんだ）

触らぬ神に祟《たた》りなし、とでも思っているのだろうか、あやかしたちは火柄をさりげなく避けている様子だった。黄泉路横丁の住民には大層恐れられている火柄だが、幽世でも扱いは同じらしい。

（でも火柄さんが守っているから、このひとたちは安心して暮らせるんだろうな）

幽世にはあやかしすら襲うあやかしもいるという。だから力の弱い者は、身を守れる安全な土地で暮らさなければならない。管理番である火柄のお膝下のこの都は、その最たる場所であるのだろう。

「わふっ」

考えごとをしながら歩いていると、ジロに裾を引っ張られた。見れば、火柄が左に道を逸れていた。

「あ、ありがとうジロ。迷子になるところだった！」

「わふぅ」

「火柄さん、わたしがいなくなっても本当に気にしないんだろなあ」

大通りから分かれた道に入る。歩くひとの数は減ったが小路と呼ぶには広く、無秩序な外観の建物が隙間なく並んでいる。

しばらく行くと、火柄が一軒の平屋の前で足を止めた。建物自体は小さいが、それから続く板塀は随分先まで延びている。

入り口には暖簾《のれん》がかかっていて、弥琴にも読める文字で『駕籠屋《かごや》』と書いてあった。

「邪魔するぞ」

駕籠屋へ入る火柄に続く。中には小さな座敷があり、店員らしきネズミ顔のあやかしが出迎えていた。

「いらっしゃいませぇ。ってうわあっ、火柄様！」

「駕籠をひとつ借りたい」

「あっ、へえ！　も、もちろん！　え、火柄様が？」

管理番が突然来店して驚いたのだろう、思わずと言った様子で聞き返すネズミを、火柄はぎろりと睨みつける。

「おれが借りちゃ悪ぃか」

「とんでもございませぇん！　うちで一番豪華で雅《みやび》なものをご用意いたします！」

「いいもんはいらねえ。ここで一等速ぇもんを寄越《よこ》せ」

「え、し、しかし、速いものですとちょっとばかし乗り心地が悪くなりますが……」

「構わん。とっとと手配しろ」

「へえぇ！」

ネズミはどたばたと転げ回りながら店の奥へと入っていった。弥琴はやや申し訳なく思いながら、火柄を真似て上がり框に腰掛ける。

「店員さん、びっくりしてましたね」

「おれがこの店に来ることなんてねえからな」

「ここって、駕籠屋さんって書いてありましたけど、乗り物を借りるんですか？」

「そりゃあ、歩いていくわけにもいかねえだろ」

幽世には町から町へと繋がる道がないため、旅をするにはそれなりの手段が必要だという。

「確かに、普通に道があったとしてもわたしなら一日歩き通しただけで三日は動けなくなりそうです」

「そうなったら捨てていくからな」

「う……わかってますよ。それに乗り物があるなら大丈夫ですって。あれ、でもそういえば」

と、弥琴は火柄に初めて会った日のことを思い出す。

「火柄さん、黒雲があるじゃないですか。何を借りたとしても、黒雲が一番速いんじゃないですか？」

火車の生み出す黒い雲は、乗って宙を移動できる。弥琴は火柄の黒雲に乗せられたことがあり、その恐るべき速度を身をもって知っていた。徒歩なら数時間もかかるような距離を、瞬きする間に飛んで行ってしまうのだ。

「当たり前だろ。だがな、おれの黒雲にはそいつが乗れねえ」

火柄が顎でジロを示した。ジロは土間にお座りしながら舌をぺろりと出している。

「その犬コロは狛犬だろう。おれの黒雲は神気と合わねえんだ」

「そうなんですか？」

「ああ、だから他の移動手段がいる」

はあ、と弥琴は気の抜けた返事をしてしまった。なるほど、と思う。火柄は弥琴たちのために黒雲を使わず、わざわざ別の――黒雲よりも遅くなってしまう方法を選んでくれているのだ。

（火柄さん、意外とちゃんとわたしと一緒に行くってことを考えてくれてたんだ）

本心は、一刻も早く燐のもとへと行きたいのだろうに。

（わたしがいなかったら黒雲でひとっ飛びできるのにな）

膝に置いた手をきゅっと握った。すると、突然顎を鷲摑《わしづか》みされ、無理やり火柄のほうへと顔を向けさせられる。

何するんですか、と言わなかったのは、火柄の額に青筋が浮かんでいたからだ。

「ひえっ」

「てめえ、なんだその顔……」

「顔？　う、生まれつきです」

「そういうこと言ってんじゃねえ！　あのなあ！」

と火柄は地獄の底から這い出したような声で言う。

「てめえが来るって決めて、おれがそれを許可したんだろうが。そうだろ？」

「は、はい」

「だったら今更思い悩むんじゃねえよ。おれがいいって言ってんだ！　腹ぁ括《くく》れ！」

「はいっ！」

大声で返事をすると、火柄は「次いじけたらすり潰してつみれにして食う」と真顔で言い、真っ青になった弥琴の顔面から手を離した。

ちょうどそのとき、

「お待たせしました！」

と汗だくのネズミが戻って来た。

ネズミの案内で建物の外へ向かうと、板塀に囲まれた広場にずらりと牛車が並んでいた。弥琴がつい「うっ」とたじろいでしまったのは、牛車のすべてにおどろおどろしい大きな顔が付いていたからだ。意思もあるようで、飛んでいる鳥を目で追いかけたり、鼻提灯を膨らませたり、隣同士で談笑したりしている。

「あ、あれに乗るんですか……」

と弥琴はネズミに訊いた。顔は怖いが、大きな屋形を備えているものもあり、乗り心地は良さそうだ。中で横になることもできるし、長旅にも向いているだろう。

「いえ、火柄様御一行にご用意させていただいたのはこちらでございます」

ネズミの四本指が指し示したほうを向く。そこにあったのは、宙に浮かぶ真っ白の布だった。

縦は十メートル近くあるだろうか、横幅は細く、一・五メートルほどであり、当然のようにその布にも目と口、細長い手が付いていた。

「え？　これ？」

「一反木綿です。うちで一番速い子ですよぉ」

「え？」

「火柄様、いかがでございましょう」

「ああ、これでいい」

火柄は袖から巾着袋を出して、中の砂金のようなものを適当にじゃらじゃらとネズミの手に落とした。ネズミの表情から見て相当な額を渡したのだろう。ネズミは一反木綿に「何があってもどこまでもお連れしなさい！」と言い聞かせている。

一反木綿が、どうぞとでも言うように弥琴の目の前に下りてきた。

まずジロが乗り、続いて弥琴も恐る恐る布の上に乗った。全体重をかけても沈まず思ったよりは安定している。けれど、ゆらゆらと揺れどうにも心許《こころもと》ない。乗り心地は決していいとは言えなかった。

（酔いそうだな……）

持って来た救急セットに酔い止めの薬は入っていないはずだ。弥琴は「酔いませんように」と、あやかしの世界で神に祈った。

「なあ、猫又の燐が先日ここへ来たな？」

火柄がネズミに訊ねる。

「ええ。燐様でしたら、朧車《おぼろぐるま》を一台お貸ししました」

「そうか。ちょうどいい」

朧車とは顔の付いた牛車のことのようだ。

「あれは乗りやすいが遅い。燐は幽世に詳しくないし、情報を集めながら進んでいるからな。おれたちのほうがずっと早く進める。仮に鬼火が消えた地点から移動していたとしても、どこかで必ず追いつけるはずだ」

火柄は弥琴の前に飛び乗った。一反木綿が上昇を始める。

「いってらっしゃいませ！　よい旅を！」

手を振るネズミに振り返した。

一反木綿は高く高く飛び、やがて伽歌の都の全貌が見渡せるようになる。

「うわあ！　すごい！」

中央の竹林を囲い、円を描くように造られた華やかな都。端の端までも建物が密集し、幻想的な無数のともしびが町を彩り飾っている。

「さあ行くぞ。無事に伽歌に帰りつけるようせいぜい祈っとけ」

都の周囲には、荒野が広がっていた。さらにその向こうには山岳地帯、別の方角には深い森も見える。

広い広い、あやかしの世界――この幽世のどこかに燐はいる。

(燐さん、絶対に見つけますから)

こうして、燐の軌跡を辿る旅が始まったのだった。

*

「燐に付けた鬼火が消えた位置は大体わかっている。おれたちはそこを目指して進む」

一反木綿は火柄の示した方角へふよふよと飛んでいた。火柄の見立てでは、目的の場所までは一週間もあれば着くという。

「その鬼火が消えたあたりに何があるかはわからないんですか?」

「ああ。さすがのおれもこの広い幽世のすべてを把握しきれているわけじゃねえ」

「そうですか……危険なあやかしがいるのかもしれませんね」

「どんな奴がいても、燐がそう簡単にやられるとは思えねえがな」

弥琴もそう考えている。火柄が言うならなおさらだ。いくら幽世であっても、燐に敵《かな》うあやかしはそういない。多少の危機ならなんなく乗り越えられるはずだ。

（鬼火が消えただけであって、燐さんの身に何か起きたとは限らないわけだし）

しかし、火柄が言った「嫌な予感」という言葉が気になっていた。弥琴も妙な胸騒ぎがするのだ。

何にせよ、燐との連絡が取れない今は、わかっている道筋を辿り燐を見つけるしかない。何もなければそれでいい。どうして来たんだと燐に呆れられれば、それが一番いいのだ。

「最初に燐が向かったのは、おそらく大蝦蟇《おおがま》の油螺《ゆら》のところだ」

一反木綿の後頭部と思われる部分を背もたれにし、火柄は器用に寛いでいた。弥琴はジロを膝に抱きながら「大蝦蟇の油螺」と火柄の言葉を繰り返す。

「燐とも顔見知りだったはずだ。長く幽世に棲んでいるから兄者の情報を得られるかもしれねえと訪ねたんだろう」

「わたしたちもそのひとに会いに行きますか？　燐さんのことが聞けるかも」

「いや、もっと先の足跡まで追えてるんだ。近くは通るがわざわざ会う必要はねえ」

時間の無駄だと火柄は言い、大きなあくびをした。

黄金色の空の下を、できる限りの最短距離を選択し進んでいく。

(こう言っちゃあれだけど、わりと暇だなあ)

不安や緊張がなくなったわけではないが、少しずつ落ち着いてくると、案外やることがないと気づいてしまった。この旅の多くの時間は移動に費やされるだろう。その際、頑張るのは一反木綿のみであり、弥琴たちはただ彼の背に揺られているだけなのである。

(トランプでも持って来たらよかったかな)

うとうとし始めたジロを撫でながら、弥琴はちらりと火柄を見た。火柄は頭の後ろで手を組み目を閉じている。

(しばらくは火柄さんとずっと一緒なんだよね)

この狭い空間で、一体どれくらいの時間、火柄と顔を突き合わせることになるのだろうか。

勢いで共に旅をすることにはなったが、火柄は燐を巡る恋のライバルであり、よくよく考えれば気まずい間柄だ。それでもこうなった以上はできるだけ穏便に、まろやかな空気で旅をしたい。

(何かお話ししたいけど……)

話しかけたら怒られそう、という気持ちが邪魔をして何も言えず、弥琴は景色を眺めることにした。

一反木綿は荒野を抜け、紫の葉が茂る林の上空に入ろうとしているところだ。林に棲み着くあやかしだろうか、背の高い木々の間から巨大なチンアナゴのような生物が数体にょきりと顔を出し、辺りをしきりに見回している。

(不思議なところだなあ)

あの巨大チンアナゴたちは何をしているのだろう、と思っていると、一反木綿がすうっと上昇し始めた。その行動で、チンアナゴが獲物を探しているのだと察した。

(不思議なところじゃない。恐《こわ》いところだ)

弥琴は落下しないよう姿勢を正し、完全に寝入ったジロを抱き締めた。

肩に入った力を無理やり抜く。いちいち強張《こわば》っていては、到底身が持たない。

「幽世はな、神の国の成り損ないらしいぜ」

弥琴が深呼吸していると、ふいに火柄が口を開いた。視線を向ければ、火柄もゆっくりと瞼を開けた。

「神の国、ですか」

「はるか昔、この地には現世のみが存在し、神たちは現世に生きていた。だがその地に『人』を生み出すことにした神たちは、現世を人へ下げ渡し、代わりに自分らの暮らすための場所として、この幽世を創ったんだそうだ」

火柄は着物の裾をはだけさせて足を組む。右足の先で下駄が宙ぶらりんになっている。

「だが結局、地上よりも天上のが住み良いと気づいた神たちは、幽世を使うことなく天上へと住処《すみか》を移した」

そして放置された幽世に、やがてあやかしという存在が生まれるようになったのだ、と火柄は言った。

「あやかしも、元は神の成り損ないなのかもしれねえな。原初のあやかしは神に近い存在だしよ」

「原初のあやかしって？」

「龍だ。最初に幽世に生まれたあやかしは不老不死の龍だといわれている。そのあとに鬼や九尾《きゅうび》、大蛇《おろち》なんかが現れて、そこから次々に多くのあやかしが生まれていった」

「龍……」

様々な物語の中でなら、その名の付く存在を見たことがある。

弥琴は顔を上げ、異界の黄金色の空を翔《かけ》る伝説の生き物を想像する。

「龍って、本当にいるんですね」

と訊ねてから、随分間抜けな質問をしてしまったことに気づいた。猫又や鬼、その他のあやかしが実在しているのだ、この地ならば龍だって当たり前にいるだろう。

しかし、意外にも火柄は「いや」と首を振った。

「龍は、おれたちあやかしの間でも幻の存在だ。誰も実物を見たことなんてねえ」

「あ、そうなんですか」

「なんだ、不服そうだな」

「不服というか、ちょっと見てみたかったなって思って」

龍ともなれば、さすがに恐怖よりも興味が勝つ。もちろん遠目で安全に、が大前提ではあるが、見られるものならば目にしたかった。

「残念だったな。龍はただの伝説であって、実在しないと考える者のほうが多い。おれもそうだ」

火柄はもう一度あくびをして目を閉じた。やはり猫だけあって、燐と同じで昼寝が好きなのだろう、間もなく寝息が聞こえ始めた。

弥琴もあくびが出そうになったが、さすがに全員寝てしまうのは一反木綿に申し訳ないし、寝たら落っこちてしまいそうで、どうにか眠気を押し殺した。

燐のもとへ飛んでいく一反木綿の上で、幽世の景色をぼうっと眺めていた。

さて、出発して数時間。

幽世の大きな太陽が傾き始めてきた頃、何が起きていたかと言えば、予想どおり。

「うぅ……気持ち悪い……」

弥琴が盛大に乗り物酔いし、顔面を土気色にしていたのである。

酔っていないと誤魔化し耐えに耐えてきたが、そろそろ限界が近づいていた。火柄の帳場で食べた茶饅頭を吐き出す寸前である。

「内臓が全部掻き混ぜられてるみたいですぅ。うっ」

「おい、汚ぇから吐くなら下に吐けよ。ここで吐いたら本当に内臓掻き混ぜるぞ」

「……下に誰かいたらどうするんですか。とんでもない迷惑かけちゃいます」

「んなもん知らねえ振りすりゃいいだけだろうが」

「できませんよそんなこと……おぇえ」

「おい！　ったく、仕方ねえな」

火柄が立ち上がる。一反木綿がぼよんと揺れ、弥琴は「揺らすな！」と心の中だけで叫びながら口元を押さえる。

「ちょうど油螺の巣の近くだ。あそこにゃ行きたくなかったが……まあいい、ついでに燐の話でも拾っていくか」

火柄が一反木綿に指示を出したが、もう弥琴には聞こえていなかった。弥琴は浅めの呼吸を繰り返し、ひたすら清らかな小川のせせらぎのことだけ考え続けた。

ぐにゃぐにゃと幹のうねった木々に蔦《つた》の這う、湿った薄暗い森へと一行はやって来た。地面は一面泥濘《ぬかる》んでおり、どこに下りても泥に足を取られてしまいそうである。

「相変わらず湿気《しけ》ってやがる。嫌なとこだぜ」

火柄は苔《こけ》むした岩の上に着地した。弥琴もそばの岩に下ろしてもらい、膝をついて項垂《うなだ》れる。背中をさすってくれる一反木綿の優しさに泣きそうになった。自分の上で勝手に酔い嘔吐《おうと》しかけた人間を思いやれるとは、なんという心の広い反物だろうか。

「気持ち悪ぃ……」

弥琴の心には寸分の余裕もなかったので、一反木綿に感謝も伝えられずひたすら吐き気と闘っていた。そして弥琴を思いやる気など微塵《みじん》もない火柄は、嫌悪感丸出しの表情でこちらを睨んでいる。

「気持ち悪いのはわかったから早くなんとかしろ。つうか、この先もそんなんだったら進めねえじゃねえか。もう置いてくしかねえな」

「お、置いてかないでください……頑張りますので……」

と言ってはみたが、この状況では説得力など皆無であった。このままでは本当に置いていかれてしまう。なんとかしなければいけない。

（とりあえず、水……）

弥琴は渾身《こんしん》の力を振り絞りショルダーバッグを漁《あさ》った。しかし、持ち物に入れていた飲み物は、ペットボトルのミルクティー三本のみだった。

（急いでたから、見つけたもの適当に入れたんだった……）

ミルクティーは大好きだが、さすがに今の状態で飲むのは無理だ。すんでのところで堰《せ》き止めている胃の中身が確実に出てきてしまう。

弥琴はミルクティーを持ったまま、なるべく頭をからっぽにし、どこでもない場所を見つめた。今はもう、そうすることしかできなかった。

すると、目の前の泥――そこだけ木の生えない空間がぽかりと空いた、広い泥地だった――が、急にぼこりと隆起した。

健康な状態だったら驚いただろう。もちろん今の弥琴には感情を動かせるほどの体力も精神力もなく、盛り上がった泥をただ見ていただけだった。

「わふ？」

興味を示したジロが、岩の上から身を乗り出し泥のほうへ鼻を向けている。

「おい犬コロ、足を滑らせるなよ」

ジロを横目で見ながら火柄が言った。

「ここは底なし沼だぜ」

そのとき、隆起した部分にぱちりとふたつの目玉が浮かんだ。

目玉はまあるく視線を動かしてから、真っ直ぐこちらに向いて止まる。

「あれぇ、火柄だぁ」

間延びした声がし、隆起していた泥がざあっと音を立てさらに盛り上がった。

底なし沼、と火柄が言った泥の中から現れたのは、象ほどの大きさの巨大な蛙《かえる》のあやかしであった。かぶった泥の下の皮膚は黄土色のまだら模様で、ぬめりと光り、ところどころ苔がこびりついている。

「なぁに、遊びに来てくれたの？」

「油螺。相変わらずてめえの巣は陰気臭くて湿ってて最悪だな」

「えへへ、そうかなぁ」

火柄は口にも顔にも態度にも悪意と嫌みを押し出していたが、巨大な蛙――大蝦蟇の油螺は、毛ほども気にしていない様子であった。むしろ大きな口をにんまりと持ち上げ、嬉しそうな顔をしている。

「別に遊びに来たわけじゃねえ。そこの間抜けのせいで渋々立ち寄っただけだ」

「わあ、すごい顔。大丈夫ぅ？」

「あ、お構いなく……」

弥琴は笑みを浮かべたつもりだったが、余計に変な顔になっただけだった。

なぜだかじっと弥琴を見ている油螺に、火柄が「おい」と声をかける。

「燐がてめえを訪ねたろ」

油螺はすぐに「うん」と答える。

「来たよぉ。女の子と一緒だった。火柄と昔一緒にいた、あの鬼の居場所を訊かれたけど、ぼく知らないからねぇ」

「そうかよ。で、燐は次にどこに行くとか言ってなかったか？」

「鬼の居場所を知ってそうなあやかしのことを訊かれたから、『一本仙人《いっぽんせんにん》』なら知ってるんじゃないかなあって教えてあげたよぉ」

「一本仙人か」

火柄は顎に手を当てた。

「そいつの棲み処なら……確かに燐の辿った道筋と重なるな。燐は次にそいつに会いに行ったのかもしれん」

「そういえば、なんで燐は鬼を捜してるのぉ？」

「いろいろあってな。話すのは面倒だ。てめえもそんなに興味ねえだろ」

「うん。ぼくは、それのが興味あるぅ」

と油螺が輝いた目を向けたのは、やはり弥琴であった。弥琴は虚《うつ》ろな視線を油螺へ返す。

「え……わ、わたし？」

ただでさえ血の気のない顔からさらに血の気が引く。

「こいつなら、喰《く》ってもいいが、たぶんまずいぞ」

「喰っちゃ駄目です……」

「違うよぉ。そっちじゃなくてそっち」

「あ？　犬コロは狛犬だから喰ったら腹壊すぞ」

「そっちでもなくてぇ」

目玉が大きくわかりにくいが、油螺の視線はよく見れば弥琴ではなく、ジロでもなく、弥琴の持つペットボトルへ向けられていた。

「なんか甘ぁい匂いがするぅ」

「あ、ミルクティーなので……よければ飲みます？」

「いいのぉ？」

油螺はにまぁと口を広げ、太く長い舌を弥琴へと伸ばした。これも通常であればたじろいだかもしれないが、弥琴は現在ペットボトルの蓋を開けることだけに全集中力を注いでいる。

力の入らない手でどうにか開け、舌先のくぼみに一本分すべて流し入れた。油螺は目にもとまらぬ速さで舌を引っ込めると、口の中でミルクティーを転がして味わい、

「おぃしぃぃぃぃいいい！」

と絶叫した。

「おぉいしいよぉ！　こんな！　おいしいもの！　初めて飲んだ！」

「あ、よかったです……」

「すご、すごいねあなた！　こんな素敵なもの持ってるなんて！　幸運だね！」

そのミルクティーはスーパーで一本六十八円で買った、ただのどこにでもある市販品だが、これほど喜んでくれているひとに言うのは無粋であるし、何よりどうでもよかったので弥琴は「ええ」とだけ答えておいた。

よほど気に入ったのか、油螺はなおもミルクティーへの賛辞を続けている。

「あの……あと二本ありますけど、いります？」

「うん」

油螺の返事は早かった。弥琴はのろのろと残りのペットボトルを開け、中身すべてを油螺に飲ませた。

「おおおおいしいぃぃいいいいい」

油螺は丸い目玉を爛々《らんらん》と輝かせ、身震いまでして感動している。

（こんなに喜んでもらえるなら、持ってきてよかったな、ミルクティー……）

なんなら今度五ダースくらい宅配便で送りますよ、と回らない頭で考えていると、

「お礼にこれを分けてあげる」

と油螺が言った。

「え？」

「ぐぐ、ぐぅう」

喉元をぼこぼこと膨らませてから、油螺は大きな口をでろりと開ける。

口内に、壺《つぼ》があった。油螺は舌を器用に使い、壺を弥琴の前に置いた。

「あなた病気みたいだから使ってぇ」

バレーボールほどの大きさの丸みのある壺だった。壺口は狭く、木片できつく蓋がされている。

「おい、まさかそれ」

突然、火柄が弥琴のいる岩へと飛び移って来た。勝手に壺の木片を外し、中を覗いて匂いを嗅ぐ。

「やっぱり……大蝦蟇の油じゃねえか！」

火柄は頬を紅潮させ油螺に振り向いた。

「本当にいいのか！」

「いいよぉ」

「おい！　おい弥琴、これはすげえぞ！　そう手に入れられるもんじゃねえ！　おまえ、一生分の運を使ったなあ！」

「そうですか……」

　火柄の謎の興奮とは裏腹に、弥琴の気力は下がり続けていた。壺の中身がどれほど貴重なものだろうと関係ない。今の弥琴が欲しているものは、冷たい水か、もしくははちみつ入りの生姜湯《しょうがゆ》だけだ。

「ほら、とっとと飲め」

　火柄はなぜか壺口を弥琴の顔に押し付ける。中から生臭いものが込み上げてきて、弥琴は堪《たま》らず息を止めた。

「いや、あの、大蝦蟇の油とは……」

「油螺の皮膚から採れる分泌液を色々なんやかんやしたやつだ。詳しくは知らん」

「ぶ、分泌液？」

　そんなものを飲んでしまったらたとえ健康だったとしても絶対に吐く。しかし火柄の横暴には逆らえず、弥琴は喉の奥にどろりとした液体を流し込まれてしまった。口を押さえられ吐き出すことも許されず、どうにかこうにかごくりと飲み込む。

　すると。

「あれ？」

　気持ち悪さが途端に消えた。胃を揺さぶられているような不快感も、頭痛もめまいも、人差し指のささくれさえも、綺麗さっぱり治ってしまったのだ。

「えっ、な、何が起きた？」

「大蝦蟇の油のおかげだよ」

火柄が油の染み込んだ木片を弥琴の眼前に突き出す。

「これは万能薬なんだ。ひと口飲めばどんな病気も怪我も途端に治しちまう。とんでもねえ代物だよ。でも作れる量が少ないからまず出回らねえ。油螺も気が向かなきゃ絶対に渡さねえし。無理やり奪おうとしてこの沼に沈んだ奴がどれほどいることか」

「そんなものを……油螺さん、あ、ありがとうございます」

弥琴は立ち上がり頭を下げた。油螺の薬を飲むまではこんな些細な動作すらできないほど弱っていたのに、ほんの数秒前の体調が嘘のように体が軽い。

「いいよぉ。おいしいものくれたお礼だもの」

油螺はにまぁと笑った。あげた物と貰った物との釣り合いがまったく取れていないが、油螺がいいならいいのだろう、と思うことにする。

(なんだか全身すっきりしてるな。体の悪いところ全部治っちゃったみたい)

比喩ではなく、文字通り万能の薬なのだ。おそらく通常であれば、ただの乗り物酔いなどには使わないような……もっと大きな怪我や病気の治癒に用いるための薬。

「あ、あの」

弥琴は思い立ち、油螺に声をかけた。

「よければ大蝦蟇の油を、もう少しだけ分けてもらえませんか」

厚かましい頼みだとはわかっている。だが、この先燐を見つけて、万が一燐の身に何かが起きていた場合、この薬が助けになることがあるかもしれない。

「いいよぉ」

あっさりと油螺は承諾した。弥琴は、油螺と計二百円余りのミルクティーに感謝した。

空のペットボトルに大蝦蟇の油を移していると、「そういえば」と油螺が言う。

「燐が捜していた鬼が、ぼくを訪ねて来たことがあったなぁ」

油螺は記憶を掘り起こすように目玉を右へ左へと動かした。

「確か、現世の門ができて十年くらいしたときだったような」

「現世の門ができて十年……ちょうど兄者がいなくなった頃だ」

「鬼はね、大蝦蟇の油の効能について、長寿はあるかって訊いてきたの」

「長寿？」

火柄と言葉が被った。油螺は「うん」と頷く。

「だからね、この油を飲めば、どんな病気も怪我も治っちゃうから、その身の天寿をまっとうするまで長ぁく生きられるよって教えてあげたんだぁ」

「それで、鬼はどうした。大蝦蟇の油を貰っていったのか？」

「ううん。欲しいとも言わずに、そのままどっか行っちゃった。それからはもう会ってないよ」

弥琴は五百ミリリットルペットボトルの半分ほどまで油を入れ、蓋を閉めた。壺にも木片を嵌め直し、丁重に油螺へ返却した。

「鬼は、長生きがしたかったんでしょうか」

ペットボトルはタオルに包んでバッグの底に仕舞う。これを必要とするときが来なければいいと願いながら。

「鬼は不死じゃねえが、兄者は薬になんぞ頼らなくてもまだ寿命は途方もないほど残ってる。鬼は病にゃ罹《かか》らねえし、死に至るような怪我もしてなかった」

「じゃあ、なんだったんでしょうね」

「さあな」

火柄曰く、油螺の巣を訪ねた頃に、鬼は弟分であった火柄にさえ行き先を告げず、どこかへ消えてしまったのだという。

そのまま約千年、姿をくらまし続けている。

その鬼の行方を今、燐たちが追っている。そして、鬼を追う燐の軌跡を、弥琴たちは辿っている。

どこにいるのか。彼らの目的を、弥琴はいまだにひとつも知らないまま――。

その晩は油螺の巣の近くで過ごすことにした。火柄は渋い顔をしていたが、日が暮れてきたため移動は危険と判断し、嫌々ながらもここで野営することを決めたのだ。底なし沼のそばにあった平たい岩の上で雑魚寝する。周囲はうねった木が茂っているが、沼には木が生えていないため、そこだけぽかりと上空に穴が空いたように丸い夜空が見えた。

(幽世も、夜の空は現世と同じなんだなあ)

弥琴は横になりながらもなかなか寝付けずに、星の無数に浮かぶ空を見ていた。燐はどこにいるだろうか。同じ空を見ているだろうか。タロも伊千瑠も無事だろうか。いろんなことが頭に浮かぶ。

「眠れねえのか」

声のほうへ目を遣ると、火柄が体を起こしていた。

「はい。なんか、眠くなくて。大蝦蟇の油の影響でしょうか」

「だとしても人は寝なけりゃすぐ倒れる。無理やりにでも寝ろ」

「そうですね。もう少ししたら……」

弥琴は寄り添って寝ているジロを撫でる。柔らかな寝息を聞きながら、なんとなく、考えていたことを口にする。

「ねえ火柄さん。鬼と千鶴さんは、幽世の門をつくってから、別々に生きる道を選んだんですよね」

ふたりの間にできた子と、現世と幽世を守るために。愛し合っていながらも、それぞれの世で別れて暮らすことを決めた。そう燐から聞いている。

「ああ。兄者は幽世で、千鶴は現世で生きると」

「わたし、神様の友達がいるんですけど、その子は人間の男性と恋をしているんです」

弥琴は、蛇神の伊勢《いせ》のことを火柄に話した。

伊勢は人である春貴《はるたか》と互いを思い合っていた。しかしその関係を、兄の薄水《うすみず》から咎《とが》められてもいた。神と人とが結ばれるなど不可能だ。神が人に交じり生きることはできず、また人も、神の領域では暮らせないからと。しかし。

「薄水さんは、春貴さんの死後に、伊勢さんと結婚することを許可したんです。春貴さんが天寿をまっとうし魂のみとなったあと、まだ伊勢さんと思い合っていたなら、その魂を神域に連れて行き結ばれることを許すと」

人にとっては途方もない話だ。だが春貴は迷うことなくそれを受け入れ、伊勢を思い続けることを誓ったのだった。

弥琴は、彼女たちの果てしない恋を眺めながら、もしも、と考えていた。

「千鶴さんたちも、そうすることはできなかったんでしょうか。千鶴さんには現世を守る役目があったのかもしれないけど、亡くなったあとなら、鬼と一緒にいることができたんじゃないかって思うんです」

燐が言っていた。千鶴は何十年経っても鬼を思い続けていたと。

ならばその身が朽ちたとき、魂となり鬼のもとへ行くこともできたのではないだろうか。肉体を離れた自由な姿で、永遠にも似た時間を、鬼と生きることができたのではないだろうか。

「無理だ」

火柄ははっきりと答えた。燃え盛る炎のような真っ赤な瞳が、月よりも妖しく光っている。

「神と人は生きながらには共に在れず、あやかしと人は、生きながらにしか共に在れない。おれたちにとっちゃ死ねば無と同じだ。死んだら、もう二度と会えない」

「……そう、ですよね」

燐も似たようなことを言っていたのを思い出した。神とあやかしは違う。だからこそ燐と弥琴は、今このときに夫婦の誓いを交わし共に生きていられる。

（死んだらもう二度と会えない、か）

この体で生きている間だけが人とあやかしに与えられた時間なのだ。

燐と、弥琴も。

生きている間に別離を決意する必要はなくとも、一緒にいられる時間はこの身が朽ち果てるまでと決まっている。

それはあとどれくらいだろうか。長く感じるか、短く感じるか。考えずにはいられないが、それでもまだ弥琴には、うまく想像できなかった。

＊

翌日、大蝦蟇の油螺へ別れを済ませ、燐の足跡を辿る旅を再開した。

丸一日幽世を飛び、草原に生えた大樹の上で野宿をして、また次の日も日が昇れば移動を始めた。

幽世にやって来て三日目。一反木綿は火柄の示した方角へ飛んでいく。現在地からはまだ見えないが、目指すほうは天を衝《つ》くほど高い山岳地帯となっているという。

「この先の山岳地帯に一本仙人は棲んでいる」

鬼火の追跡と油螺からの情報を照らし合わせ、次に燐が向かったのはその一本仙人というあやかしのもとだと火柄は当たりを付けていた。一本仙人は、山岳地帯の最も標高が高い山の頂上にいるそうだ。

「一本仙人は幽世の草創期から存在していると言われている。神の成れの果てとも噂されているが、真相はおれも知らん」

火柄は退屈そうにあぐらを掻きながら、手で庇《ひさし》を作り遠くを見た。弥琴の目にはまだ何も映らないが、火柄には遠くの山々が見え始めているという。

「一本仙人のところへ寄るか？」

火柄に問われた。油螺のときのように立ち寄る必要はないと言うものと思っていたが、火柄は弥琴に選択を委ねるつもりのようだ。

（燐さんが会いに行ったひと、か）

弥琴たち一行の行路からすると、一本仙人の棲み処はやや道筋から外れていた。燐を追うだけならばわざわざ迂回《うかい》してまで会う必要はない。最短距離で一刻も早く燐を捜すべきだ。けれど。

「会ってみたいです」

遠回りすることになったとしても、一本仙人に会ったほうがいいように思った。何か大事なことが得られるかもしれない。そんな気がするというだけで、何も根拠はないけれど。

「わかった」

火柄は反対せず、一反木綿に方角を指示した。

やがて少し行く先に薄っすらと影が見え始める。鋭く尖《とが》った山々が行く手を塞ぐかのように聳《そび》え立っていた。遠目にもその高さが窺える厳《いか》めしい山ばかりだ。

「あのどれかに一本仙人さんがいるんですね」

まだ遠い山々を眺めながら呟くと、火柄が「どれか？」と訊き返した。

「言ったろ、奴は一等でかい山にいると」

「ええ。でも、似たような高さの山が多いからどれが一番かはっきりとは……」

「はっきりとわかってるだろ。一等でかいのは」

あれだ、と火柄が指さした山は、見るからに隣のよりも低かった。だがすぐに火柄が本当に示していたのは違う場所だと気づく。

弥琴が見ていた山脈のその向こう。険しい山々が小さく映るほどの何かが、弥琴の目にも見えてくる。

「あの、山……ですか」

それが山であると気づくには時間がかかった。気づいてしまえば、その山こそが一帯で最も高い山であることはひと目でわかった。

なぜならば、遠目からでもその山の頂を望むことができないほどであったから。

現世で最も高い山でさえ、ここに並べば小さく見えるだろう。あの山は、人の世の理《ことわり》など超えた、まさに幽世の山であった。

「あの山の頂上に一本仙人はいる」

火柄は雲に隠れた天空を仰ぎ見る。

「頂上、見えませんけど」

「見えなくてもある。あの雲のさらに上にな」

「ほえぇ……」

黄泉路横丁で暮らし、摩訶不思議《まかふしぎ》なものを見聞きすることにはすっかり慣れたと思っていた。しかし幽世に来てからは驚くことばかりだ。世界は広いなと、見えない頂を見ながら弥琴はしみじみ思うのだった。

さすがに一反木綿では山頂まで行くことはできない。そのためジロと一反木綿を中腹に残し、火柄と弥琴とで黒雲に乗って一本仙人のもとへ向かうことにした。

一反木綿から降りた地点ですでに相当な高度にはいるはずだが……頂上はいまだに姿を現さない。

「あんな高さのところに行って、わたし生きていられるでしょうか」

「黒雲に乗ってる間は大丈夫だ。一歩でも降りれば保証はしねえが」

「絶対に降りないので大丈夫です」

火柄の足元に鉛色の雲が湧き出て広がる。弥琴が乗り込むと、次の瞬間にはくんと黒雲が動き、景色が猛烈な速度で流れ去っていった。

実際にかかっているだろう風圧に見合わないかすかな風だけを受けながら、弥琴は三度瞬きをする。

三度目を終え、瞼を開けたときには、もう弥琴たちは山の頂へと着いていた。

「え、は、早……」

「当たり前だろ。おれの黒雲だぞ」

「いやなんか、あまりにもあっさり頂上に来ちゃったので……もっと普通はこう、苦労しなきゃ来られないものかと」

「あ？　なら今すぐ突き落としてやるよ。ほら、自力で登って来い」

「いえいえ！　火柄さんの黒雲で来られて嬉しいです！」

頂上には何もなかった。雪はなく、植物も生えず、生物もいない。何ひとつ息づく気配のない山肌の先端に、ぼろ布を巻きつけた朽木の幹のようなものだけがぽつりと立っていた。

「一本仙人」

火柄が朽木をそう呼んだ。返事はなく、目の前のものは動かない。

「ここに猫又の燐が来たな？　おれたちは燐の行方を追っているんだ。何か知っていることはないか」

火柄は構わず問いかける。すると、朽木がみしりみしりと音を立てた。幹の一部が横にひび割れる――いや、一本仙人が、わずかに口を開いたのだ。

「……鬼は……龍を、探していた……」

火柄の問いへの答えではなかった。一本仙人はそれだけ言うと口を閉じ、一切動かなくなってしまった。

「なんだと？　鬼が龍を？」

「鬼って……」

燐の手がかりではない。が、一本仙人が言ったのが千鶴と恋仲であった鬼のことであれば無関係とは言えない。

「今の、どういうことでしょう」

弥琴は火柄を見上げた。龍はあやかしたちの間でも幻の存在であるはずだ。火柄は実在しないとまで言っていた。

「龍は、本当はいるんですか？」

「知らねえよ……おれは、龍なんているはずねえと思っちゃいる。だが幽世は広く未知の領域も多い。もしかしたら、どこかにはいるのかもしれねえ」

火柄は顎に手を当て考え込む。

「ただ、兄者が龍を探す理由はとんとわからねえ。誰も見たことねえ伝説の存在だぞ。実在していたとしてもいるのは幽世の果ての果てだろうよ。そんなもんを探すだなんて馬鹿げてる。兄者らしくもねえ」

もう何を問いかけても一本仙人は動かない。疑問ばかりが生まれるまま、弥琴たちは先へと進むこととなった。

*

燐たちが一本仙人のもとを訪ねたのは、弥琴たちがここへ立ち寄るよりも十日ほど前のことだった。

山頂まで向かうのは過酷であるため、一本仙人には燐ひとりで会いに行き、その間伊千瑠はタロと共に、朧車の屋形内で燐が戻るのを待っていた。

伊千瑠は自分の荷物であるボストンバッグの中身を探り、底に仕舞っていた風呂敷包みを取り出した。風呂敷の中には、墨色の羽織が綺麗に畳まれて入っていた。

タロが興味を示したので、伊千瑠はタロの頭を撫でてから、羽織を広げて見せた。

美しい羽織だ。ひと針ひと針丁寧に、大事に縫われ、作られている。

「素敵な羽織でしょう。わたしは和裁のことには詳しくありませんが、この羽織がどれだけの思いを込めて作られたものかはよくわかるんです」

伊千瑠は羽織の表面を撫でた。柔らかな感触は肌によく馴染む。

「これね、こんなにも素敵なのに、まだ新品なんです。誰も袖を通したことがないんですよ」

タロは伊千瑠の言葉を理解しているのかいないのか、何度か首を傾げ、ふんふんと羽織の匂いを嗅いでいた。

伊千瑠はくすりと笑み、それから、皺にならないよう羽織を軽く抱き締める。いつかそれに触れていたはずの遠い温もりを拾い集めるかのように。

「こんなにも、大切に作られたのに」

やがて燐が戻って来る。

一本仙人からは「鬼が龍を探していた」という情報を得られたが、現在の鬼の居場所については知ることができなかった。燐は伊千瑠にそう報告した。

「龍を？　なんのために」

「さあな。そもそも龍が本当に存在するのかさえ疑わしい」

「これからどうするんです？」

「情報がほとんど得られないのは、鬼が長年この付近には現れていないからだ。さらに幽世の果てへ向かいながら、鬼と、龍の情報を集めるしかあるまい」

現世の門を離れるほどに混沌《こんとん》とし、秩序などない荒れ果てた地域が増えていくという。低級のあやかしは近づかない。生身の人間など、なおさら。

「行くか？」

燐が訊いた。

燐が伊千瑠を現世へ帰したがっているのはわかっていた。鬼の確かな情報はまだ得られず、どこまで行くことになるかもわからない。この先は、伊千瑠の身どころか、燐の身にすら危険が及ばない保証などないのだ。

伊千瑠も重々理解していた。絶対に燐が守ってくれるなどと甘いことを思っているわけではない。恐ろしいあやかし、見知らぬ土地への恐怖も少なからず持っている。

それでも、帰るわけにはいかなかった。どうしても鬼に会わなければいけないのだ。

鬼に会って、直接この手で——。

「それ、男物じゃないか」

燐が伊千瑠の持っていた羽織に目を遣った。伊千瑠は「ええ」と答える。

「わたしのものではありませんので」

「借り物か？」

「……借り物と言えば、そうかもしれません」

燐はさほど興味なさそうにしていたが、ふと何かに気づき、じっと羽織を見つめる。

「待て……それは、まさか」

燐が羽織に手を触れた。琥珀の瞳の光る目が見開かれる。

「やはり。そうだ、これは。おい、どうしてこの羽織をおまえが持っている？」

「……」

「これは主が、あいつに贈った羽織だ！」

吼《ほ》える燐を、伊千瑠は静かに見つめ返した。

燐の言うとおり、真新しく見えるこの羽織は、千年も前に拵《こしら》えられたもの——千鶴が鬼のために仕立てた羽織だ。

とわの別れの前に渡そうと、時を経ても朽ちることのない幽世の生地を使って作られた。だから今もこうして、千年前と変わらぬまま、褪せることなく残り続けている。

「そうです、燐。これは鬼のための羽織。でもね、鬼のもとには渡らずに、千鶴の太刀と共に千年間、又三郎へと預けられていたのです」

燐の口ぶりからすると、燐はこの羽織が鬼のもとへ渡ったと思っていたのだろう。そうなるべきだったのだ、本当ならば。でもこの羽織はずっと現世にあった。そして今は、伊千瑠の手元にある。

伊千瑠は目を閉じて深く呼吸をし、ふたたび瞼を開いた。強い決意を持って先祖の飼い猫であった猫又を見上げる。

燐の思い出には、睦《むつ》まじい千鶴と鬼の姿があるのだろうか。彼らはどんなふうに笑い、語り、触れあっていたのだろうか。伊千瑠には知ることはできない。彼らの思いを聞くことはできない。

それでも、その思いが確かにあったということを知ってしまえば、知らない振りなどもうできなかった。

——だから帰れるはずもない。必ず会って、そして、伝えたいことがある。

「わたしはこの羽織を渡すため、鬼に会いに来たのです」

第三話

軌跡を辿る旅路

山岳地帯を抜け出せないまま日が暮れかけていた。山間を縫い移動を続けていたが、この辺りで地上に降り、今夜の寝る場所を探さなければならない。

「もう二日続けて野宿してるぜ。そろそろ布団の上で寝てえな」

火柄が両腕を伸ばしながらぼやいた。弥琴も慣れない野宿に疲労が溜《た》まり始めていたが、口にすれば火柄に怒られそうで言えずにいたのだった。

（火柄さんも野宿嫌だったんだ……でも近くに町なんてあるのかなあ）

すると、一反木綿がここから西に行くと町があると教えてくれた。ただし町に寄るにはやや行路から離れてしまうという。

「この辺から西に、となると……ああ、もしかしてあそこのことか」

火柄はその町を知っているようだ。考えたのは一瞬で、すぐに「よし！」と両手を打った。

「いいじゃねえか、確か大きな宿がいくつもある」

すぐに経路が変更された。一反木綿は西に向かって飛んでいき、空が薄闇に包まれた頃には、山間に鮮やかな町の灯りが見え始めた。

谷間の地形に沿って造られた、賑やかな町だった。中心部を川が流れており、その両端に情緒あふれる瓦葺《かわらぶ》きの木造建築が並んでいる。商店からの呼び込みが至るところから聞こえ、どこを歩いても何やら美味しそうな香ばしい匂いが漂ってくる。

川を朱塗りの橋が渡し、その上を屋根から屋根へと紐が繋いで、無数の橙《だいだい》色の炎がぶら下がり揺れていた。ともしびに照らされた町は夜も明るい。周囲の山々が真っ暗な分、この町だけが闇にぽかりと浮かんでいるようだ。

石畳でしっかりと舗装された通りには、多くのあやかしが出歩いていた。宿がいくつもあると言っていたから外から来るあやかしも多いのだろうか。その中には異形の姿もたくさんいるが、人型のあやかしも少なくなかった。

「この町は、付喪街《つくもがい》と呼ばれている」

通りを物色しながら火柄が言った。周囲のあやかしたちが火柄に気づくたび驚いていたが、火柄はまったく気にする様子がなかった。

「付喪街、ですか」

「付喪神が集まることから付けられた名だ。この町には昔も今も、付喪神が多く棲んでいる」

「へえ……言われてみればなんだか、物っぽいあやかしが結構いますね」

「人型も多いだろう。付喪神は人に長く使われ愛された物から生まれる。だから持ち主であった人の思いを強く受け、自身も人に近い姿を現す者が多いんだ」

「ああ、そういえば、わたしの知ってる付喪神も……」

弥琴はとあるあやかしのことを思い出した。管理番の仕事を手伝うようになり、初めて迎えたあやかしが付喪神であったのだ。

そのあやかしも人に似た姿をしていた。薄紫色の髪と瞳が美しい、藤の花の描かれた掛け軸の付喪神。

「弥琴さん？」

琴の音のような声に呼ばれる。その声は、まさに今思い出していたあやかしのものだった。

振り返ると、柳色の着物を纏い、薄紫色の長髪をひとつに束ねたあやかしが、驚いた顔で立っていた。

「あ、え、藤《ふじ》さん？」

「やはり弥琴さんでしたか。お久しぶりですね」

藤は目を細めて柔らかく笑む。思いがけぬ再会に、弥琴はつい声を張り上げてしまった。

「わああ藤さん！　びっくりです、こんなところでお会いできるだなんて！　お元気にしてましたか？　どうしてここに？」

「それはこちらの台詞《せりふ》ですよ。弥琴さんこそなぜここへ？　燐さんもいらっしゃるんですか？」

興奮する弥琴をなだめ、藤は火柄を見上げる。

「こちらの方は……幽世の管理番さんでは」

「あ、えっと……」

弥琴は言葉を詰まらせた。

(そうだよね。この状況、藤さんのほうが訊きたいことがいっぱいあるはず)

何から話せばいいだろうかと悩んでいると、「おい」と火柄が口を開く。

「おまえ、この町の者か？」

横柄な態度に、弥琴は火柄の尻を叩きたくなったが、藤は持ち前の淑《しと》やかさゆえか、とくに怯《おび》える様子もなく返事をする。

「ええ。半年前に現世から幽世へ参りました。今はこの付喪街で暮らしております」

「おまえが薦める宿を教えろ。おれたちは、今晩の寝床を探している」

「おや」

藤は呟いて、左手をするりと持ち上げた。

「でしたらご案内いたします」

藤はすぐ横にあった建物を示した。白塗りの壁が夜に映える、五階建ての立派な建物だ。

「どうぞ、私の勤める宿へ」

両脇に赤提灯の下がる玄関の奥からは、橙の灯りが煌々と照っていた。

「いい部屋ですねえ」

弥琴たちに用意されたのは、艶《あで》やかな装飾の施された、この宿で最も高級な客室であった。寛げる畳敷きの部屋からは小さな庭園が眺められ、奥の寝室には、部屋のほとんどを占めるほどの大きな寝台が置かれていた。宿には大浴場があるが、この部屋専用の露天風呂も備えられているという。もちろん決して藤の伝手《つて》を利用したわけではなく、単に火柄の財力でこの部屋を借りただけである。

「藤さんがこんな立派なお宿で働いてらしたなんて思いませんでした」

「ええ。いろんな方の手を借りてここに辿り着きました。私には、この町が合っていると思いましたし、仕事もしてみたかったので」

藤が淹《い》れてくれた茶をこくりと飲む。火柄とジロは露天風呂へ行き、一反木綿は知り合いのところへ行ってしまったので、弥琴は藤とふたりで庭園を眺め話をしていた。

「現世にいた頃は、宿で働くなど考えもしませんでしたが。あの頃にできなかったことができて、今はとても楽しく暮らしています」

「ふふ、確かに今の藤さん、以前よりも生き生きしている感じがしますね」

そう言うと、藤は白い肌をほんの少しだけ赤くした。

「実は、今のうちにお金を貯《た》めて、いつか綾国《あやくに》がこの付喪街へ来たら共に店を開こうという夢を持ちまして。そうすると、なんだかこれまでよりも日々が鮮やかに思えるようになったんです」

「おお、素敵じゃないですか！　綾国さんが来る日が楽しみですね」

「ええ。ずっと先になるかもしれませんが、楽しみなので、いつまでも待てます」

顔を綻ばせる藤を見ていたら、弥琴もだらしなく頬が緩んだ。

藤の友である刀の付喪神、綾国は、まだ現世にいる。彼が現世を離れるのは何百年と先の未来かもしれないが、藤と一緒にこの町で笑い合い暮らす姿を見てみたいと弥琴は思う。

「ところで、まだ弥琴さんがここにいらっしゃる理由を聞いてはいませんでしたね」

藤に言われはっとした。話を後回しにし、すっかり忘れてしまっていた。

「お話ししづらいことなら無理に聞くつもりはありませんが」

「いえ、そういうことではないんです。むしろ藤さんにも訊ねたいことがあって」

弥琴は幽世へ来た理由を話した。

伊千瑠のこと、鬼のこと。そして燐の行方がわからなくなり、火柄と共に燐を追っている最中であることを。

「そうでしたか。大変でしたね」

「あの、燐さんはこの町には来ていません、よね」

念のために訊いてみる。返答はやはり予想どおりであった。

「現世の管理番である燐さんが来られていたら、さすがに噂になるはずですから。聞いたことがないので、ここには立ち寄られていないのだと思います」

「そうですよね……なら、鬼か龍の居場所とか、聞いたことはないですか？」

藤は首を横に振った。

「どちらも耳にしたことはありません」

「そうですか。うぅん、なかなか情報が集まらないな……」

「長く幽世にいる者も多くいますから、私も聞いて回ってみましょう。弥琴さんは疲れていらっしゃるでしょうし、今夜はどうぞ、ゆっくり休まれてください」

空いた茶器を片付け、藤が部屋を出て行った。しばらくすると火柄とジロが風呂から出て来たので、弥琴も浴衣を持って露天風呂へ向かい、三日振りの湯にゆっくりと浸かった。

「いやなんでおまえ普通におれと同じ布団で寝ようとしてんだよ」

久しぶりの入浴で緊張が解《ほぐ》れたのか、風呂から上がると急に眠気が押し寄せた。すでに火柄は寝台で休んでおり、ジロも布団の上でぺしゃんこになって寝ていたから、弥琴も大きなあくびをしながらいそいそと布団に入り込んだのだが。

「正気か？　身の程を弁《わきま》えろよ」

火柄が引き攣《つ》った顔でこちらを見てきた。掛布団を引っ張ろうとするから、弥琴は慌てて引っ張り返す。

「だって、ベッドこれしかないから仕方ないじゃないですか」

「仕方なくねえよ。てめえはあっちで座布団でも敷いて寝ろよ。なんなら庭で寝ろ」

「な、なんでそんな酷いこと言うんですか。いいじゃないですか別に、このベッドこんなにも広いんですから」

巨軀《きょく》のあやかしもいるからだろう、寝台も布団も規格外のサイズであり、あと五人は優に寝られるほど空間に余りがある。一緒に寝たところでお互いが邪魔になることはないはずだ。

「というか、わたしだって一応、火柄さんがひとつしか部屋取らなかったとき驚いたんですから……」

「当たり前だろ。なんでおれの金でてめえの分まで部屋を取らなきゃなんねえんだ」

「だから我儘《わがまま》を言わずにこの部屋使ってるんじゃないですか。それに野宿してるときだって隣で寝てたようなものだし、今更かなって思って」

本音を言ってしまえば、ここで引くべきは自分のほうだと理解していた。この部屋は火柄のものであって弥琴は一銭も出していないのだ。部屋に入らせてもらっているだけでありがたいのに、ひと組しかない布団を自分にも使わせろなどと図々《ずうずう》しいにもほどがある。加えて弥琴は一応人妻であり、夫以外の男――相手は夫に惚《ほ》れている男だが――と共に眠るのも倫理的によろしくない。

だが、弥琴はもう眠くて堪らなかった。そして久しぶりの布団が恋しかった。次に布団で眠れるのはいつになるだろうと思えば余計に。火柄に楯突《たてつ》いてでも、おかしなことを口走ってでも、この機会を逃がしたくはなかった。

「燐さんに言いつけますよ。火柄さんは意地悪だって」

「ぐっ……てめえ……」

今のひと言は火柄に効いたようだ。弥琴には真冬の日本海の寒さより厳しい火柄も、燐には大層弱いのである。

「……まあいい。てめえがここで寝ることを許可しよう」

「ありがとうございます！」

「おれは下々をも思いやれる心の広い男だからな。万一クソみてえな寝相かましておれの安眠を妨害しようもんなら背骨全部抜き取ってやる」

「気を付けます！」

弥琴は布団に潜り込む。火柄がさっと手を振ると、室内の灯りが一気に消えた。寝台のそばの行燈《あんどん》だけがぼんやりと橙の灯りを放っていた。

（お布団、あったかい、気持ちいい……）

火柄の体温は人よりも熱い。そのせいだろうか、火柄と離れていても、ほどよいぬくもりが弥琴のほうまで伝わって来る。

溶けるかのように体の力が抜けていく。町は真夜中も賑やかなのだろうが、この部屋には外の喧騒が少しも入ってこない。瞼が自然と下がっていく。

（静かだなあ）

柔らかな寝具から落ち着く香の匂いがした。なんの匂いだろうか。燐はいつも、白《びゃく》檀《だん》の香りを纏っていた。

（燐さんの匂いとは違うけど……香に包まれてると、燐さんを思い出すよ）

燐が幽世へと旅立った前日の夜を、弥琴は燐の部屋で過ごした。ずっと、燐の匂いに包まれていた。

今、燐はどこにいて、何をしているのだろう。声が聞きたい。名前を呼んでほしい。笑いかけて、手に触れてほしい。

早く会いたい。

「……火柄さん」

呼ぶと、「なんだ」と返事が来た。火柄もまだ寝ていなかったようだ。

「燐さんの足跡が途絶えた場所までは、あとどれくらいで着きますか？」

「三日もありゃ着けるはずだ」

「三日ですか……短いような、長いような」

「どう感じようが距離は変わらねえ。行くしかねえんだよ、その場所まで」

「そうですね……」

弥琴は頭まで掛布団を被り、長いため息を吐き出した。

「燐さん大丈夫かなあ。怪我してないといいけど」

布団の中に漏らした呟きに、火柄が応える。

「大丈夫だ。燐は無事に決まってる」

「でも、何かがあったから火柄さんの鬼火が消えたんですよね」

「鬼火が消えただけだ。燐に何かがあったとは限らねえ」

「嫌な予感がするって言ってたのは火柄さんじゃないですか。だから火柄さん、燐さんを追うことにしたんでしょう」

掛布団から顔を出すと、火柄が寝返りを打ってこちらを向いた。

火柄はいつものように怒ってはいなかった。あまり見たことのない表情をしていた。

「否定しねえよ。だがわかんねえこと想像して不安がったってしょうがねえだろ」

真紅の瞳が瞬く。

弥琴は開きかけた口を閉じた。火柄の言うとおりだ。心配を口にしたところで何も変わらない。

（火柄さんだって本当はわたしと同じ気持ちなんだ。燐さんのことが心配で心配で仕方ない。でも）

燐と……自分たちを信じて進むしかない。それだけが今できることだから。

「すみません、余計なこと言って」

弥琴が視線を下げると、火柄は鼻を鳴らして背を向けた。

「少し遠回りしたんだ、明日は早く発《た》つぞ。とっとと寝ろ」

行燈の灯りが消える。弥琴は足元で寝ていたジロを引っ張り上げて、腕に抱きながら眠りについた。


翌早朝、付喪街を発つ弥琴たちを、藤が見送ってくれた。

朝の通りは夜よりもずっと静かで、遠くの山々はかすかに霧がかかっていた。

「知り合いたちにも訊いてみたのですが、やはり誰も、鬼も龍も見たことがないとのことでした」

藤は眉を八の字にして首を振った。弥琴は藤の華奢《きゃしゃ》な肩に手を置く。

「藤さん、協力してくださってありがとうございます」

「お力になれず申し訳ありません」

「いえいえ。わたし、藤さんにもう一度会えてよかったです」

にかりと笑えば、藤も微笑みを返してくれた。

藤は着物の袂《たもと》に手を入れ、紙袋を取り出す。

「弥琴さん、これを」

受け取り、中を見ると、綺麗な菜の花色の手ぬぐいが入っていた。

「わあ、素敵な色ですね！　戴《いただ》いちゃっていいんですか？」

「ええ。旅のお守りとして、弥琴さんにお贈りします」

「旅のお守り？」

藤が頷く。

「それは八百年草《やおとせそう》という植物から紡いだ糸で織ったものなんです。千年経っても褪せることのない丈夫な織物で、幽世では『遠くへ行く相手への無事を祈るお守り』として渡されることが多いそうですよ」

藤は、手ぬぐいを持った弥琴の両手をそっと両側から包み込んだ。

「燐さんに、必ず会えますよ」

藤色の付喪神は祈るようにそう言って、柔らかな笑みを弥琴へ向けた。

弥琴はしっかりと縦に首を振る。

「はい、ありがとうございます。この手ぬぐい、大切にします」

「ええ。今度はぜひ、燐さんと遊びに来てくださいね」

そして一行を乗せた一反木綿は上昇を始めた。弥琴は見えなくなるまで、藤に大きく手を振り続けた。

＊

付喪街を出た弥琴たちは、火柄の鬼火が消えた場所——燐の足跡が途絶えた場所へと真っ直ぐに向かっていた。

時折休憩を挟みながら移動を続け、太陽が真上を少し過ぎた頃、行く手に左右に広がる断崖絶壁が見え始めた。しかし近づくと、それが崖ではなかったことに気づく。

雲より高い巨木の集まりであった。一本の幹周を測ればどれほどになるだろうか、大人が十人手を繋いでも足りないかもしれない。それほどの大樹が密生し、森を生んでいたのだ。

「火柄さん、大きな森が見えてきましたよ」

弥琴は昼寝をしていた火柄を起こした。火柄は目をこすりながら身を起こす。

「……んだよ、なんかあったか?」

「だから、すごく大きな森があるんですって」

「あ? ……ああ、ありゃ常夜《とこよ》の森じゃねえか」

火柄が大きくあくびをした。

「常夜の森?」

「固有の名じゃねえよ。あのでかい木が生えてる森のことをそう呼ぶんだ」

一反木綿が、もっと上を飛んで森の上空を行くかと訊いた。火柄は少し考えてから

「いや」と答える。

「燐があの森を通ったかもしれない。せっかくだ、話でも聞いていこう」

「え、入るんですか?」

とつい口にしてしまった弥琴を、火柄がぎろりと睨んだ。

「なんだよ、文句があるのか」

「文句はないですけど……ちょっと怖いというか」

眼前に立ち塞がるかのような巨木の群れを見上げる。嫌な感じはしない。が、どこか荘厳な雰囲気の景色に、近寄りがたく思ってしまう。

「っは、人ってもんはいつも未知のものを恐れる。間抜けなこった」

鼻で笑われ、弥琴は少しむっとしたが、言い返すことはできなかった。

火柄の指示を受け、一反木綿は高度を下げてふよふよと森の中へ入って行く。近づくほど威圧感の漂う巨木の森に、弥琴はこっそりとジロの体を抱き締めた。


木々の枝葉に遮られ、太陽の光は一切入り込まない。この森が「常夜の森」と呼ばれる所以《ゆえん》だろう。だが、白く発光するきのこが辺り一面に生えており、案外と周囲は明るかった。

森には多くのあやかしが棲んでおり、なぜか皆一様に顔のない半透明の姿をしていた。形も大きさも様々、宙に浮かんでいる者もいれば、手足のようなものが生えて地面を歩いている者もいる。二足歩行や、鹿に似た姿の者まで。

外のあやかしとは随分違う、初めて見る種類のあやかしだった。異様な風体に弥琴は物怖じしてしまったが、火柄が言うに、この森は凶暴なあやかしがおらず、平穏な場所なのだという。

「怖ぇどころか、ここはてめえが今まで旅してきたどんな場所よりも安全だよ」

一反木綿から降りた火柄に続いて、弥琴もやや湿った地面に降り立った。すると半透明のあやかしたちが興味ありげに近づいてくる。

「あ、お、お邪魔してます」

火柄の言葉を信じ、恐る恐るあやかしたちに手を伸ばしてみた。弥琴の膝ほどの背丈の半透明が、何度か首を傾げたあと、そっと弥琴の指先を握った。

「おお……」

ひんやりと冷たい感触だったが、確かにぬくもりを感じる。

(向き合うのって大事だなあ)

もう弥琴にとって、彼らは得体の知れない存在ではなくなっていた。へらりと笑えば、なんとなくだが、顔のない半透明も笑ったような気がした。

「この付近はすでに人を連れて野営するには危ないが、その点この森なら安心して寝泊まりできる。燐はここで夜を明かした可能性があるな」

火柄がすぐそばにいた半透明に声をかける。

「なあおまえ、猫又の燐がここへ来たか?」

半透明は頷くような仕草をしたあと、どこかに向かって歩き出した。他の半透明たちも同じほうへと向かって行く。

「あっちに何かあるようだ」

彼らに付いて行くと、ひと際大きな木の根元へ辿り着いた。半透明たちが示す場所を見れば、根の間にこんもりと落ち葉が敷き詰められているのを見つけた。自然に積もったものではないのはひと目でわかる。

「なんだか寝床みたいですね。誰かの家かな」

と呟いたところで、もしかしてと気づいた。

先に察していた火柄が、半透明に「ここに燐が？」と訊ねる。半透明は手を動かし火柄に何かを伝えた。弥琴には何も聞こえないが、火柄はわかっているのか、何度か頷いていた。

「数日前に燐たちがここで一泊していったようだ。この寝床は燐たちのためにこいつらが拵えたものらしい。燐と狛犬、朧車と、人の娘がいたと言っている。怪我も病気もしている様子はなかったと」

ジロが落ち葉の匂いを嗅ぎ、弥琴に振り向いて「わふっ」と鳴いた。

ここに燐が確かにいたのだ。タロも伊千瑠も、この場所まで無事に来ていた。

（燐さん……）

弥琴は落ち葉の寝床に手を寄せた。燐がいたのはもう何日も前だ、ぬくもりなど残っているはずもなく、燐の香さえ香らない。それでもここにいたという事実が弥琴の心を勇気づけた。

間違いなく、燐の軌跡を辿っているのだ。辿り続けた先に、燐がいる。

「ん？」

火柄の声につられ振り返ると、周囲に集っていた半透明たちの中に、編んだ花を身に着けている者を数体見つけた。彼らは手を取り合ってこちらに近づき、弥琴たちへ花を見せようとしていた。

「わあ、可愛いですね。綺麗に編み込まれた花冠。皆さんで作られたんですか？」

半透明たちは何か話している様子だ。弥琴の代わりに火柄が彼らの話に相槌《あいづち》を打っていたが、どうしてか火柄は段々と顔を歪《ゆが》ませていく。

「はあ？」

凄《すご》みのある声で火柄が唸《うな》った。驚いた半透明たちが散り散りに逃げていく。

「ちょっと火柄さん、威嚇しないでくださいよ！　かわいそうじゃないですか」

「威嚇なんてしてねえよ。別に普通だっただろ」

「普通じゃないですよ。怖いんですって」

「はあ？」

「そ、その声！　その声と顔が怖いんです！」

火柄は舌打ちをして木の根にどかりと腰掛ける。弥琴はそばで怯えている半透明を撫で、落ち葉の上に腰を下ろした。

「その花、あの小娘がこいつらにやったもんなんだってよ」

火柄が半透明の赤い花冠を顎で指す。

「小娘って、伊千瑠さんのことですか？」

「ああ。その小娘がどっかから摘んできた花を持ってやがったから、そいつらが珍しがって眺めてたんだ。ここは陽《ひ》が当たらないから花も咲かない。鮮やかな花なんて滅多に見られねえからな」

火柄の言うとおり、この森に入ってから花はひとつも見なかった。土の色、木の根と幹の色、茂る葉と枯れ葉の色。それ以外の色がこの森にはない。

「そしたら小娘が、寝床を作ってくれた礼にとくれたんだとよ。わざわざ身に着けやすいようにと編んでまで。そいつらいたく喜んでるみたいでなあ、枯れないように大事にしてんだって、おれに自慢してきやがった」

脇に隠れていた半透明が花を見せるように弥琴の前に出てきた。他の半透明たちも、自分のも見てくれと言いたげに弥琴の近くにわらわらと集まってくる。真っ赤な花の冠に、黄色い花の首飾りと、青い花の腕輪。

（伊千瑠さんが、ねえ）

近くで見ると丁寧に編み込まれて作られているのがよくわかる。何も知らないあやかしたちだ、適当に繕ってもよかったし、それでも彼らは十分喜んだだろうに。

「あの生意気そうな小娘が。信じらんねえな。そんなことするか？」

火柄はがりがりと髪を掻いた。弥琴も意外に思っていた。弥琴が感じていた伊千瑠の印象とは違う。横丁に来たときの伊千瑠は、どこか冷淡で気位が高く、他者と同じ場所には立っていないような人物に見えていたのだが。

(伊千瑠さんにも、普通の女の子のような面があるのかな)

弥琴には半透明たちの話す伊千瑠の姿が想像できないが、自分が知っている姿だけが彼女のすべてであるはずもない。むしろ、弥琴の知らない部分にこそ、本当の伊千瑠の姿があるのかもしれない。

(そういえば、わたしは伊千瑠さんが鬼に会おうとしてる理由も知らない)

知ろうとさえ、思っていなかった。伊千瑠の言葉の表面だけを掬《すく》い取って、心を乱されて、自分のことだけで精一杯になっていたから。

けれど今ならほんの少しだけ伊千瑠のことを考えられる。

伊千瑠の目的はなんなのか。きっと、あやかしが見え、それを避けていたこと以外は普通の女子高生であったはずの彼女が、なぜたったひとりであやかしの世界に飛び込み、燐を捜し、鬼に会おうとしたのか。

考えることはできるが、答えは出ない。

(燐さんたちが幽世に行く前に、もっとちゃんと伊千瑠さんと話をしたらよかった)

こちらが受け入れなかったから、伊千瑠も心を開かないまま旅立ったのだ。彼女の思いを知りたければ、これから向き合い、聞くしかない。

すべてはふたたび彼女に会わなければわからないことだ。

「んじゃ行くか」

火柄が立ち上がった。弥琴は思わず「えっ」と声を上げる。

「今日はここに泊まるんじゃないんですか？」

「は？」

火柄は先ほど半透明たちに向けた顔よりも千倍は恐ろしい表情で弥琴を睨んだ。半透明たちが一斉に逃げていく。

「馬鹿言え。まだ真っ昼間だぞ。こんなところで止まれるわけねえだろうが。時間がもったいねえ」

「そ、そうですけど、この森を出れば他の場所で野宿することになるんですよね。さっき、この辺りはもう人を連れて野営するには危ないって……」

「だから？　おれにはなんの危険もねえだろ」

「あ、ですよね」

危険なのは弥琴だけだ。そして火柄が弥琴の身の心配など毛ほどもしていないことはよくわかっている。弥琴だってそれを承知のうえで火柄と共に旅をすることを決めたのだ。文句は言えない。

「よ、よし、行きましょう。できる限り先へ」

「てめえが仕切るな！」

「うぇぇ、すいません……」

ジロと火柄に続いて一反木綿に乗り込んだ。見送る半透明たちは、弥琴が手を振ると、皆で振り返してくれた。

常夜の森を一反木綿は飛んでいく。やがて森を抜け、草原を抜け、広がる荒野を通り、真っ直ぐに山地へと入っていった。


夜になり、山の中の岩場に下りて野宿することとなった。すでに周囲は暗くなっていたため、すぐに手分けして薪《たきぎ》を集め、まずは焚火《たきび》の支度をした。

火柄のおかげで火を起こすのは簡単だ。積み上げた木に向け火柄が指を弾《はじ》けば、あっという間に火が付き、高く燃え上がる。

幽世の夜は、町は煌々と明るいが、それ以外の場所は真っ暗闇となる。その分はっきりと見える美しい星に、小さな火の粉が舞い上がる。

「見ろ、付喪街で売ってた干し肉だ。美味そうだろ」

辺りが明るくなったところで、火柄がここぞとばかりに油紙を開いて見せた。いつの間に買っていたのか、味の付けられた干し肉が何枚も入っている。

「本当だ、美味しそうですねぇ。涎《よだれ》が出ちゃうな」

「でもてめえにはやらねえよ」

「くっ！　また意地悪を……！」

「嘘だ嘘だ。おれは日の本一心の広い男だからな。このポンコツにお肉を分けてください火柄様と言えば食わせてやらんこともない」

「このポンコツにお肉を分けてください火柄様」

「いいだろう。ふた切れ食わせてやろう」

火柄は細い枝に干し肉を刺し、焚火で炙《あぶ》る準備を始めた。その間に、弥琴は拾った木の実の皮でも剝《む》こうとしていたのだが、昼間に水を切らしてしまったことを思い出した。

「火柄さん、わたしお水汲《く》んできますね」

「おれの分もな」

「はあい。ジロ、一緒に来てくれる？」

空のペットボトルと竹筒の水筒を手に取ると、ジロが尻尾を振って立ち上がる。

近くに小川があったのは事前に確認していた。懐中電灯で足元を照らしながら進むと、すぐに穏やかな流れの川に行き当たった。

水に落ちないように気を付けながら、ペットボトルを洗い水を入れる。その横でジロが直接川に口を付け、ぺろぺろと水を飲んでいた。

「ジロ、美味しい？」

「わふっ」

「そっか、美味しいか。どれどれ」

弥琴もひと口飲んでみれば、まろやかで口当たりがよく飲みやすい。

（ここの水は美味しいな。火柄さんの水筒も満杯にしておこう）

自分とジロ用のペットボトル二本と、火柄の竹筒を水で一杯にする。

あまり多くを溜めることはできないが、幽世は水場が多いため飲み水に困ったことはなかった。手持ちの水分がなくなれば地上に降り、近い水場を探しては、毎度こうして三本分の水筒に水を汲んでいる。

「そういえば火柄さんって、絶対に自分で水汲みに行かないよね」

「わふ？」

「いつもわたしとジロと火柄さんの水筒を持ってるような」

三本分、と改めて意識してみて、毎回弥琴が火柄の分まで水を汲んでいることに気づいてしまった。ジロはぐねぐねと首を傾げている。

「いや、自分のを入れるついでだし、別にいいんだけどね」

火柄に顎で使われていることよりも、今の今までその意識がなく当然のように受け入れていたことに衝撃を受けた。心根に刷り込まれた社畜根性はまだ抜けきっていなかったようだ。

（まあ、そもそも火柄さんが旅のペースをわたしに合わせてくれてるんだし、これくらいはむしろ進んでやらないとな）

ペットボトルの蓋を閉め、手に付いた水滴を払った。水筒三本を小脇に抱え、横に置いていた懐中電灯を手に取り立ち上がる。

「さあジロ、戻ろうか」

振り返り、声をかけた。だがジロはいつものように返事をせず、四本脚を踏みしめて、後ろの暗闇をじっと見ている。

「ジロ、どうしたの？」

やはりジロは答えない。耳を立て、闇に向かいながら低い唸り声を上げている。

「……ジロ？」

「ぐぅううっ！」

ジロがひと際大きく唸ったそのとき——木の枝がばきりと折れる音がした。

闇が動く。獣のような息遣いが届き、不快な臭いが肌の表面をぞわりと撫でる。

ひとつ、ふたつ……いやもっと。真っ暗闇に、光る目が浮かぶ。

「な、何？」

弥琴は一歩後ずさった。砂利が川へ落ちる音がした。

ジロが弥琴の前に立つ。そして。

「なんだ、美味そうな匂いがするかと思やぁ、細っこいのとちっこいのじゃねえか」

目の前の木がめきめきと音を立て傾き、倒れて土埃《つちぼこり》を巻き上げた。その奥からあやかしが一体、二体と姿を現す。

「腹の足しにもならねえな」

「仕方ねえ、早いもん勝ちにしようぜ」

「いいな。てめえらには指一本もやらねえよ」

現れたあやかしは五体だった。一様に大きな体と鋭い牙、爪を持っている。

恐ろしい形相のあやかしはたくさん知っているが、目の前にいる者たちからは、見た目だけではない、底気味の悪さを感じた。

爪先から悪寒が走る。危険だと、体の奥底で本能が叫んでいる。

(火柄さん……いや、駄目だ。守らないって言われてるのに)

助けになど来るはずない。火柄は弥琴に何があっても我関せずで見向きもしないだろう。この身は自分で守るしかないのだ。

(せめて、火柄さんのところまで自力で逃げられたら)

そう理解はしていたが、足が震えて動かなかった。動いたところで相手は五体、逃げ果《おお》せるとも思えない。

（どうしよう……）

ジロは威嚇を続けているが、あやかしたちは意にも介していない。

「……おい、ちょっと待て」

弥琴を舐《ねぶ》るように見ていた一体が驚いた声を上げた。

「こいつ、人だぞ！」

見開いた目玉が一斉に弥琴へと向けられる。

弥琴は持っていた水筒と懐中電灯を落としてしまった。灯りが壊れ、周囲が一層の闇に包まれる。

あやかしたちの目だけが、纏わりつくような欲望を混えながら、そこに光っていた。

（怖い）

ここはこういう場所なのだと理解していた。覚悟もしていた。けれど本当の意味では、弥琴はまだ知らなかった。

自分の身が狙われ、命の危機に遭うことの恐ろしさを。この命にわずかの重みも感じない相手がいることを。

命を懸けることの意味を、知らなかった。

「人なんて、何百年ぶりに喰うだろう」

耳まで裂けた口から涎が溢れた。あやかしが一歩踏み出した瞬間、ジロが毛を逆立てながら吠えた。

「があぁぅ！」

びりりと空気が震える。あやかしたちは一瞬気圧《けお》されたが、それだけだ。煩わしそうに舌打ちし、一番大きなあやかしが右手をジロへ振り下ろした。

衝撃で地面が揺れる。飛んできた礫《つぶて》が頬を掠めた。

「ジロ！」

闇に慣れてきた弥琴の目にあやかしの拳が映る。地面を砕いたその手の下に、ジロはいなかった。

あやかしたちの視線が移動し、弥琴も同じほうを見る。

岩場の上に、真っ白の狼《おおかみ》がいた。

あやかしたちに劣らない大きな体に長い手脚、地の鳴るような声の漏れる口には、切っ先の尖った牙が生えている。

銀の瞳が微塵も揺らがずあやかしたちを見ていた。その狼の首には――青いバンダナが巻かれていた。

「ジロ？」

「があるぅぁ！」

けたたましい叫びと共にジロが駆け出した。最も近くにいたあやかしの腕に噛み付き骨を砕く。

「ぎゃあああ！」

「この！」

横にいた仲間がジロめがけて腕を振った。ジロはそれを避け、爪で相手の目玉を裂いた。

「うわああ！　目が！」

「がるるるぅ！」

「ひいっ！」

そのままもう一体のあやかしに飛びついて首を噛む。あやかしの悲鳴が響き、ジロはそれを掻き消すように自身も遠く吠えた。

「痛ぇよぉ！」

「くそっ、くそっ、なんだこいつ！」

「ぐるるぅ……」

優位に立っていたはずのあやかしたちが白い狼に怯み始めていた。

ジロが一歩踏み出すとあやかしたちは後退する。

じり、と砂を踏みジロが標的の一体へ駆けたのと同時に……別のあやかしが弥琴に向かって走って来た。

「こっちだけ喰ってずらかったほうがいい！」

緩んだ口から唾液を撒《ま》き散らし、あやかしは鋭い爪を振り上げた。弥琴は咄嗟に避けたが、爪の先が右肩を掠めた。

「痛っ……！」

血が噴き出す。それを浴びたあやかしの目が爛々と輝く。

「はあ！　美味い！　人間だ！　人間の味だあ！」

「ひっ……」

怪我した肩を押さえ逃げようとした。しかし足がもつれて膝を突く。

「暴れるな、肉がまずくなる！」

今度こそ、体の芯めがけて爪が下ろされた。離れた場所で、ジロがあやかしたちと戦っているのが見えた。

（燐さん）

心の中で名を呼んだ。

次の瞬間。弥琴の眼前を真っ青な炎が覆った。

鼻先を火の粉が掠める。青い火柱が夜空を明るく染め上げる。

「ぎゃあああああ！」

炎に包まれたあやかしが叫び声を上げた。のたうち回り、川へ入っても炎は消えず、反面、青い炎は弥琴にはまったく燃え移らない。

あやかしは呻《うめ》いて身を捩《よじ》っていた。不思議なことに、これほど燃え、苦しんでいるのに、炎の中にいるあやかしの肌はわずかも焼け焦げている様子がない。

「おい、おいおいおい。何してるてめえら、このおれのいる前で」

――カラン、と下駄の音が響いた。弥琴の聞き慣れた音と似ていたが、燐の足音ではなかった。

「やかましいから見に来てみれば。どうしたこれは」

「か、火車の火柄？　……管理番がなんでここに」

「あ？　おれがどこにいようがてめえらには関係ねえよな。それより、なんだこりゃあ。なんでこいつが血を流してる？」

火柄の目が弥琴に向く。すぐに逸らされ、燃える瞳はあやかしたちを順に射貫《いぬ》いていく。

いつもと違う物恐ろしさを火柄から感じた。表情はひどく冷めているが、薄く開いた唇の隙間から青い炎が噴き出していた。

「そ、それは。いや、あんたの餌とは知らなくて」

「おれが納得する言い訳にはならねえな」

「いや、だって、そこに人がいるんだぜ。喰うなって言うほうが無理だろ」

「へえ、そうなのか」

火柄は冷めた返事をする。あやかしは一歩下げた足で、地面をざりっと踏みしめた。

「そりゃあそうだろ……なんせ人なんて、ずっと喰ってねえから、さあ！」

あやかしが火柄に殴り掛かった。が、飛んできた拳を火柄は片手で止めた。

「なっ……」

相手の腕は、華奢な体格である火柄の胴と同じくらいの太さがある。しかしそれを受け止める火柄の細腕は微動だにしない。

「おいおい、よかったなあ、おれがこの拳を止められて。万一おれを傷つけてでもみろ、てめえのその小せえ脳みそじゃ想像もつかねえような苦しみを、てめえはこの先何千年と味わうことになってたろうよ」

「っひ……いや、あの、すまねえ、つい」

「つい、ねえ。ああだったら、おれもついてめえを燃やしちまったとしても文句はねえよな」

火柄の手から青い炎が立ちのぼり、たちまちあやかしの全身を覆い尽くした。

「ぎゃあ！　熱い！　ああ熱いぃ！」

真っ青な炎に照らされ、苦しみ這いつくばるあやかしを見下ろしながら、火柄は静かに笑んでいる。

「痛ぇだろ、苦しいだろ。この炎は決しててめえを殺さねえぜ。生かしたまま、永遠に、その身を焼き続けるんだ」

そして火柄の視線が残りのあやかしに向いた。明らかに怯えている様子のあやかしたちは、引きつった顔で火柄に許しを請う。

「わ、悪かった。もうそれには手を出さねえ。許してくれ」

「……」

「み、見ろ。おれらだってその犬にやられてこんな体なんだ。歯向かう気もねえって」

火柄は何も言わずに一歩踏み出した。するとあやかしたちはだっと背を向け逃げていく。

「馬鹿が、逃がさねえよ」

火柄が土の上に手を突くと、青い炎が左右に走り地面に線を描き始めた。やがて炎の線はあやかしすべてを囲んだ長方形を形作る。

「い、嫌だぁ！　許して！」

「もう遅ぇよ」

線が結ばれ一本につながったとき、炎の長方形を縁として、地面に巨大な襖《ふすま》が出現した。

襖が開く。その奥——地に開いた大穴は、少しの光もない真の闇だ。

「地獄で待ってな」

「わあぁぁ！」

あやかしたちは悲鳴を上げながら闇の中へと落ちていく。そして最後の一体が落ちたところでぴしゃりと閉じ、襖は炎と共に吹き消えた。

しん、と場が静まり返る。

小川の流れる音が聞こえた。見上げれば、ここからでも、焚火の煙が見えていた。

「……」

弥琴は、久しぶりに呼吸を思い出し、胸に溜まっていた空気をゆっくりと吐き出した。地面に置いた両手はまだ震えている。足の力も入らない。心臓も、胸に手を当てなくてもわかるほどに強く打ち付けていて、冷えた体に右肩だけがじんと熱かった。

(死ぬかと、思った)

本当に死に直面し、自分の覚悟や意志がどれほど生半可だったかを思い知った。これほどの恐怖など想像もしていなかった。そして、いかに自分に力がないかを、思い知らされてしまった。

(何も、できなかった)

ジロにも火柄にも、ただただ、守られるだけだった。自分に何かあれば捨て置いていいなどと言っておいて、実際には震えながら助けを呼んでいた。

(情けない)

幽世では、現世よりも、もっと役に立たない。

「おい、いつまで呆《ほう》けてんだよ」

顔を上げると、火柄がいつもの仏頂面で弥琴を見下ろしていた。

「うわ、なんだその顔。ただでさえ間抜け面なのに悪化してんぞ」

ひどいことを言われているのに弥琴はどうしてかとても安堵《あんど》して、すみません、とぎこちなく笑いながら謝った。

「今の、あやかしたちは、どうなったんですか？」

「おい、まさか自分を襲った奴らの心配してんのか？　お人好《ひとよ》しが過ぎるぞ」

「そういうわけじゃ……ただなんかすごいのが出て来たから、驚いて、気になって」

地獄で待ってな、と言っていたが。まさか地獄に通じる入り口なのだろうか。

「あれはおれの屋敷にあるお仕置き部屋に移送しただけだ。ちょっとおいたが過ぎたからな、帰ったら躾《しつけ》をしてやらねえと」

「お、お仕置き部屋……」

「おれは極力同胞を殺さねえようにしてんだよ。まあ、相手が『殺してくれ』って縋《すが》ってくるようなことはするがな」

火柄があまりに楽しそうに笑うから、それ以上のことは訊かないことにした。

ジロが駆け寄って来る。あの狼の姿ではなく、ふわふわで丸っこいいつものジロの姿だ。

「ジロ、大丈夫だった？　怪我してない？」

「わふっ！」

「ふふ、すごくかっこよかったよ。びっくりしちゃった。守ってくれてありがとう」

ジロにそう言ったところで、弥琴ははっとして火柄に向き直った。

「火柄さんも、ありがとうございます。助けてくださって」

「ああ、一生感謝しろ。死んでからも感謝しろ」

「は、はい」

弥琴は水筒と懐中電灯を拾い、膝に手を置いて立ち上がる。怪我をした肩が痛むが大した傷ではない。この程度で済んだことは幸運だった。火柄が来てくれなければ、確実に死んでいた。

「……火柄さん、わたしを守らないって言っていたのに、守ってくれましたね」

「当たり前だろ」

「えっ」

驚いた。まさか、あれほど弥琴を嫌い蔑ろ《ないがし》にしていた火柄が「弥琴を守るのは当然」と迷いなく言ってくれる日が来るなんて。この短い旅の間で心を開いてくれたということだろうか。

(わたしたち、ちゃんと絆《きずな》が生まれていたんですね……)

じんわり熱くなる胸を押さえていると、「あのなあ」と地獄の底から響いたような声を出し、火柄が弥琴を覗き込んだ。

「てめえに何かあったらおれが燐に嫌われるって気づいたんだよ。いいか、死ぬのは好きにすりゃいいけどな、そんときはおれに一切の責任がないところでてめえの判断で勝手に死んだんだって証拠を残してから死ね！　いいな！」

胸の熱がさっと冷めた。だが妙に納得してしまった。

「……善処します」

「絶対だぞ！」

照れ隠しなどではなく、本心で言っているのだろうところが火柄らしい。彼の心を占めているのはいつだって燐ただひとりなのだ。

(考えてみれば、わたしに優しい火柄さんなんて逆に怖いしね)

ジロが「わふん」と吠え、焚火のほうへ向かってお尻を振りながら走り出す。

「わたしたちも戻りましょう、火柄さん」

声をかければ、火柄は後ろを付いて来る。

「……燐に言えよ」

ぽつりと背後から呟きが聞こえ、振り返ると、火柄がじとりとした目つきで弥琴を見ていた。

「燐に、おれが助けてくれたって言えよ」

弥琴は束の間ぽかんとしてから、ふっと笑う。

「もちろんです。火柄さんが守ってくれたと」

「ああ。そうだ、おれがおまえを守った。燐はきっと、おれを褒めてくれるよな」

「はい」

「ははっ。よし、早く来い弥琴！　肉がいい感じに焼けてるぞ！」

弥琴を追い越し火柄は駆けていく。弥琴は時折躓《つまず》きかけながら、ぴんと立った火柄の黒い尻尾を追いかけた。

＊

怪我は大蝦蟇の油であっという間に治ったが、破れた着物はもう着られない。そう思っていたのだが、翌朝弥琴が目を覚ましたときには、着物も羽織も、裂けた部分が目立たないよう丁寧に縫い直されていた。どうやら一反木綿が直してくれたようだ。

弥琴は一反木綿に何度も礼を言い、また着られるようになった羽織を纏った。

木の実で朝の腹ごしらえを済ませてから、すぐに移動を始める。

軌跡を辿る旅は終盤へと入っていた。あと丸一日も経てば、鬼火が消えた場所へと辿り着く。

「もうすぐだから、なるべく情報が欲しい。燐が立ち寄ったのだろう場所におれたちも寄って行こう」

昼が過ぎた頃、火柄が一反木綿に着陸を命じた。一反木綿は戸惑いながらも言われたとおりに地面に下りた。

一反木綿と同じく、弥琴も首を傾げていた。降り立った場所は、何もない……森も山も、本当に何もない、小石の転がるだけの平坦《へいたん》な荒野だったからだ。

「燐たちはおそらく、この辺りに留《とど》まっていたんだが」

「でも、何もないですよ」

鬼の居所を探れそうなあやかしも物もなく、また単に休むだけにしても適しているとは言えない場所だ。

ふむ、と火柄は呟き、地面を下駄で何度か擦ってから、日の昇って来た東のほうへと目を遣った。

「あっちに行くぞ」

火柄が一反木綿に飛び乗る。弥琴も慌ててよじ登り、一行は東へと移動を始めた。

やがて行く手に小高い山が見えた。もさりと木の生えた山の頂上に、藁葺《わらぶ》き屋根の一軒の小屋が建っている。外には小さな畑があり、薪《まき》なども置いてあった。誰かが暮らしているようだ。

小屋の前へと下り、戸を叩いた。中から「はいはい」と声が聞こえ、からりと木の戸が開けられる。

「あらら？」

小屋にいたのは二本足で立つうさぎだった。背丈は耳を抜かせば弥琴の半分ほど。白い毛並みに黒い目をしたうさぎは、深緑色の甚平を着ている。

「火柄じゃないの。久し振り」

「ああ因幡《いなば》。おまえ今こんなところにいたんだな」

「こんなところにいたよ。おや、ややや？」

因幡と呼ばれたうさぎの視線が弥琴に移る。弥琴がぺこりと頭を下げると、因幡も同じように返してくれた。

「人じゃないの。なんだなんだ、火柄まで人を連れてるの？」

「ってことはやはり、おまえんとこに燐が来たんだな」

「うん、来たよ。燐も人と一緒でね。何これ、最近の流行《はや》り？」

因幡は火柄と弥琴を交互に見て、丸い大きな目をぱちりと瞬かせた。

因幡は見た目の可愛さとは裏腹に、随分長く生きているあやかしのようだ。もともとは現世に棲んでおり、幽世の門ができたときに幽世へと移住したのだという。

「ぼくは別に幽世へ移ることを強制されたわけじゃないんだけどね、こっちのが棲みやすいかなと思って」

因幡の家で囲炉裏《いろり》を囲んで茶を飲みながら、そんな話をした。

弥琴は相槌を打って聞いていたが、火柄は一切の興味がなかったようだ。ぬるくしてもらった茶を一気に飲み干し湯飲みを盆へ叩きつけた。

「てめえのことはどうでもいいんだよ。燐のことを聞かせろ！」

「はいはい」

凄む火柄に動じず、因幡は話し始める。

「六日くらい前だったかな。燐が急に訪ねて来て、火柄の兄貴分だったあの鬼が今どこにいるか知らないかって訊いてきてね」

つまりここに来るまで、燐たちはまだ鬼の居場所を突き止められていなかったということだ。

「で、てめえは鬼がどこにいるか知ってんのか？」

「知らないよ。鬼になんてもう随分長いこと会ってないからね。燐にもそう言ったら、なら龍のことを何か知らないかって」

「龍……」

火柄が呟いた。やはり燐たちも、鬼の情報と共に、龍に関する話を集めてもいた。

「でね、ちょうどこの近くに龍が棲んでいるという噂のある湖があるんだけど」

因幡がさらりと言う。

「は？　龍が？」

「うん。本当にたまたま近くにいるときだったから驚いた。一反木綿だと……一日も飛べば着くのかな。向こうのほうに」

因幡が指さしたのは弥琴たちが向かっていた方角であった。

「噂を聞いたのはもうずっと昔だよ。何百年か前にここらにいたときに聞いてね。まあ、本当にこんなところに龍がいるはずないんだけどね」

「……だがそんな噂であれ、唯一の手掛かりなら確かめには行くだろうな」

湖の場所は燐の軌跡と同じほうにある。そして、およそ一日という距離も弥琴たちの目的地と同じだ。燐はその湖へと行ったに違いなかった。

「燐に聞いたよ。鬼が龍を探していたんだって？　なんだってあのひとは龍なんかを。本当にいるかどうかもわからないのに」

「知らねえよ。兄者は何を考えていたんだか」

「火柄、弟分なのに何も知らないんだね」

「うるせえな！」

火柄は弥琴の湯飲みまでをも叩き割った。弥琴は思い切り顔を引きつらせたが、因幡はやはり平静なままだ。

「ただね、その湖、近づかないほうがいいとも聞いたことがあるよ」

「はあ？　それを燐には？」

「もちろん言ったよ。わかったって燐は言ってたけど」

火柄が大きな舌打ちをする。

眉間に皺を寄せる火柄を見て、因幡が「ああ」と声を漏らした。

「湖か……」

「そういえばきみたちは……」

「何かあるんですか？」

訊ねた弥琴に、火柄が険しい表情のまま答えた。

「炎を纏うあやかしは、総じて水があまり得意じゃない。おれの炎はただの水に触れたくらいじゃ消えねえが……水を纏う相手には不利だ。鬼火が消えたのも、水に関わるあやかしが原因かもしれねえと考えていた」

「じゃあ、その湖にあやかしが棲んでいて、そのひとが何かしたのかもと……」

「わからねえが、可能性はある」

火柄はそう言ってため息を吐いた。うなじをがりがりと掻いて首を振る。

「最悪だ。水辺は苦手だってのに。嫌な予感が当たりそうだぜ」

「水辺が……？」

弥琴ははっとした。火柄が一度だって自分で飲み水を汲みに行かなかった理由を悟った。安全だとわかっている場所でなければ、火柄は水に近づいたことがない。弥琴が川辺で襲われたときを除いては。

（そういえば、油螺さんの沼地に行くのも嫌がってたな。あそこは湿気ってたから）

恐ろしいあやかしを圧倒する力のある火柄が避けている。それほど苦手なのだ。どれだけ強いものにでも、弱みはある。

「あの、炎を纏うって、もしかして燐さんも」

「ああ。おれほどじゃねえがあいつも水が苦手だ。だから最悪だっつってんだよ」

「……」

弥琴は唇を引き結んだ。悪いことばかり考えてしまう。でも、考えたところでどうにもならない。

火柄がばっと立ち上がる。

「行くぞ。一刻も早くその湖とやらに向かう。それしかねえ」

「は、はい」

弥琴も腰を上げた。そのとき、ぐらりと体が揺れる。

立ち眩《くら》みかと思ったがそうではない。床が――家が、揺れていた。

「うわあっ、地震！」

「ああ違う違う。心配しないでいいよ」

揺れが大きくなる中でも因幡は変わらず、座布団に正座したまま器用に茶を啜《すす》っている。

「昼寝から覚めて移動を始めただけだから」

「え？」

「弥琴！　早く来い！」

小屋の外から火柄に呼ばれた。弥琴は「はい！」と返事をして、因幡に向かい礼をする。

「因幡さん、ありがとうございました。お邪魔しました」

「お構いなく。ところできみって何者？」

言われて、名乗ってすらいなかったことに気づく。

「ご挨拶が遅れてすみません。日下部《くさかべ》弥琴と申します。燐さんの妻です」

「あらら」

「てめえ弥琴！　何が燐の妻だこの野郎！」

外に出て一反木綿に乗り込んだ。地震の影響だろうか、砂がひどく舞っている。

高く飛び、ようやく砂埃を抜けたところで、弥琴は先ほどまで自分がいた場所を見下ろした。

「なんですか、あれ……」

因幡の棲む山に、手足と頭が生えていた。山はゆっくり東のほうへと歩いていく。

「山亀《やまがめ》だよ」

「か、亀？　山じゃなくて？」

「そういうあやかしだ。現世にいたときから因幡と一緒に、ああやって移動しながら暮らしてるんだとよ」

山亀が一歩踏み出すたび大地が揺れた。目の前のあらゆるものを踏み潰し道を作りながら、因幡たちは気ままな旅を続けていく。

「……あれでは確かに、現世では暮らせませんね」

弥琴は正面を向いて座り直した。

うさぎと亀の旅はいつまでも続くが、弥琴たちの旅は間もなく目的地へ辿り着こうとしている。

あと少し。弥琴は、少し冷えた自分の指先をぎゅっと強く握り締めた。

＊

伊千瑠は、燐の体が湖に飲み込まれていくのをただ見ていた。

水がうねってせり上がり、生き物のように燐を捕らえて自由を奪った。燐は抵抗しようとしたが、真っ赤な炎は意思を持つ水の中、瞬く間に消されてしまう。

湖へと引き込まれる燐をタロが追おうとした。だが、

「伊千瑠を守れ！」

と燐が叫び、タロはすんでのところで踏みとどまった。

――とぷん、と最後にひとつ波打ち、燐が湖に消える。水面は、まるで何事もなかったかのように穏やかになり、周囲が静寂に包まれる。

「り、燐？」

伊千瑠は力の入らない足を引きずりながら、恐る恐る湖を覗いた。しかし何も見えない。深い湖のようで、中心部へ向かうほど底が真っ暗闇となっている。体の芯が冷えるような闇に、伊千瑠は思わず後退《あとずさ》る。

「ど、どうしよう……」

燐を助けなければ。でもどうやって？　あの強い猫又が何も太刀打ちできなかったのだ、非力な自分に何かできるはずもない。

ならどこかへ逃げるのが先だ。安全な場所へ逃げて助けを呼ぼう。

安全な場所とは？　ここはあやかしの生きる世界だ。人間にとって安全な場所などない。頼れる相手もいない。

燐がいたからここまで来られたのだ。燐なしに、一体どこに逃げればいいと言うのだろう。

「燐……戻ってきて」

ぽつりと呟いた。燐は上がっては来ず、それどころか湖面に波ひとつ立たない。

「燐、燐！」

「わふっ」

タロが伊千瑠を朧車へ乗せようと服を引っ張る。だが伊千瑠は立ち上がることができず、湖のほとりに座り込んでいた。

時間が経ち、ようやく立ち上がる気力が湧いてくると、伊千瑠は湖の周りを歩き始めた。燐がどこかに泳ぎ着いているのではないかと捜したが、およそ二時間をかけて一周しても見つけることはできなかった。

暗くなってきたために、ずっとそばに付いていてくれたタロが再度朧車へ戻るよう促した。伊千瑠は素直に屋形内に入り御簾《みす》を下げ、隅で自分の膝を抱き締めた。

燐はどうなったのだろう。これからどうしたらいいだろう。不安と恐怖で体の震えが止まらない。

とても眠れる気分ではなかったが、疲れもありしばらくするとうとうとし始めた。

ふと、物音がして目が覚める。屋形の中にタロがいないことに気づき御簾を上げれば、まだ深夜で、外は真っ暗闇だった。

星明かりにタロの姿が見えた。もしや燐が戻って来たのだろうかと、伊千瑠も外に出る。

「燐?」

燐の気配はなく、タロの様子がどこかおかしい。タロは毛を逆立て、闇に向かい低く唸っている。

「タロちゃん、どうしたんですか?」

「がぁあうう!」

タロが聞いたことのない声で吠えた。闇の中から影が現れる。

あやかしだ。見上げるほどの巨軀のあやかしが、吐き出す息のすえた臭いまで届くほど近くにいる。

「へへへっ……まさかこんなところで人を見つけるなんて、ついてるぜ」

　あやかしは下卑た笑みを浮かべていた。燐がいればすぐに退けられただろう。だが今、自分を守ってくれる存在はいない。伊千瑠は両手をきつく握り、見開いた両目であやかしを睨みつける。

「わ、わたしに近づかないでください」

「はあ？　はは、なんだそりゃ、笑えばいいのか？」

「来ないで！」

　揺らいだ声で威嚇したところであやかしに効果などなかった。太い牙の生えた口から真っ赤な舌を見せながら、あやかしは一歩二歩と伊千瑠へ近づいて来る。

　その場に尻もちをついた伊千瑠をかばうようにタロが前に立った。だが伊千瑠よりも小さなタロを、あやかしは気に留める素振りもない。

「がう！　ぎゅううう……」

　ちり、と空気が震えた。タロが低く唸りだすと、あやかしがひたりと足を止めた。

　タロの毛が大きく膨らみ、みるみる輪郭が変化する。小さかった犬が、闇夜に輝く白い毛の狼の姿に変わる。

「があああううう！」

　あやかしが怯んだ。その隙にタロは相手に飛び付く。

　伊千瑠は束の間放心していたが、すぐにはっとして朧車へ戻ろうとした。しかし振り返ると、目の前にもう一体別のあやかしがいた。

「きゃああ！」

声を上げる。あやかしは鋭い爪を伊千瑠めがけて振りかざした。

「がうぅ！」

咄嗟にタロが伊千瑠をかばう。白い毛に赤い血が飛ぶ。

「タロちゃん！」

弾き飛ばされたタロが朧車に激突した。

驚いた朧車が荷物を撒き散らしながら逃げていく。

「あ、ま、待って！」

タロはすぐに起き上がりあやかしに噛み付いた。タロが二体のあやかしと対峙《たいじ》している間に、伊千瑠はなんとか這いずって、朧車が落とした荷物から千鶴の刀と羽織の入った風呂敷を拾った。

逃げなければいけないことはわかっているが、恐怖で足が動かない。タロはなおもひとりであやかしたちと戦っている。伊千瑠はただ、震えていることしかできない。

「がう！」

タロが伊千瑠に向かって吠えた。伊千瑠は短く息を吸い、思い切り自分の太腿《ふともも》を叩いた。どうにか立ち上がり、走る。暗闇を走って、走って、転んでも起き上がり、あやかしの叫びもタロの唸りも聞こえなくなるまで逃げた。

やがて息が切れて動けなくなり、そばにあった岩場の隙間に身を隠した。

数時間その場で蹲《うずくま》っていると、いつの間にか夜が明けていた。見れば、体のあちこちに擦り傷ができている。気づいてしまうとじわじわと痛み出した。しかし持っていた消毒液も絆創膏《ばんそうこう》も落としてしまった。我慢するしかない。

「……」

そっと辺りを窺う。あやかしの気配はない。タロも朧車も、燐も……誰もいない。

ひとりになってしまった。

現在地どころか、自分がどちらの方向から来たのかすらわからなかった。この状況で湖に戻ろうとするのは無謀だろう。誰かが来てくれるまで、ここで待つほかない。

でも、と、伊千瑠は落ち着かない胸を押さえながら考える。待っていたところで、本当に誰かが来てくれるのだろうか。湖に消えた燐はどうなった？　あやかしと戦っていたタロも無事かどうかわからないのに。

無事だとして、見つけてくれる保証は？　助けに来てくれる確証は？

そんなものはない。

「……っ」

身の内を冷たいものが撫でていく。伊千瑠はぶるりと体を震わせ、自分で自分をきつく抱き締めた。

こうなることは、予想できていたはずだ。燐がどれほど強いとしても、幽世という、現世とはまるで違う世界で、絶対の安全などあり得るはずがなかった。

わかっていたはずだが、どこかで他人事《ひとごと》のように思っていた。自分は大丈夫だと、なんの根拠もない自信を持っていた。本当の恐怖も、幽世のことも、何も知らなかったから。

(何も知らないくせに、何も持っていないくせに、特別なのだと思いたかった)

あやかしに対抗する力を持ち、鬼と結ばれた女性の末裔《まつえい》。自分のルーツを知ったとき、これまで呪いのように思っていたことが、途端に祝福された光に照らされた。

他の人には見えないものが見えるこの能力は忌まわしいものではない。千年前に生きた勇敢な祖先から、大切に紡がれ引き継がれてきたものだったのだ。

自分は決しておかしな子ではなかった。千鶴の力と思いを受け継いだ、特別な人間だった。

そう信じれば自信が湧いた。まるで自分が千鶴にでもなったような気になった。

だから、又三郎のもとに行くことも、黄泉路横丁に行くことも、幽世へ旅立つことも、ちっとも怖くなかった。

怖くないと……なんでもできるのだと、思い込んだ。本当は自分の無力さにも、無謀さにも、どこかで気づいていたけれど。

(気づいていると気づいてしまえば、きっと怖くて踏み出せなくなるから)

どこにでもいるような普通の子どもだということを隠すために——自分にすら隠すために——燐や弥琴の前では精一杯の虚勢を張り、ここまでやって来たのだ。本心を隠し取り繕うことは得意だった。小さい頃からずっと、他の人とは違う自分の性質を知られないように生きてきたから。

でも、ここに来て必死に繕ってきた鎧《よろい》は崩れた。恐怖と弱さを知ってしまった。もう、一歩だって動けない。

「……誰か」

自分ですら聞き逃してしまう声で呟いた。震える息が、冷えた指先を湿らせた。

そのとき。

かさり、と近くで音がして、伊千瑠は呼吸を止め身構える。どっと鼓動が速まった。

一秒、二秒。できるだけ身を小さくし、瞼をきつく閉じる。すると、

「わふっ」

とそばで声が聞こえ、恐る恐る瞼を開けた。元の姿に戻ったタロが、伊千瑠の目の前でお座りしていた。

「タ、タロちゃん……無事だったんですね」

「わふぅ」

「よかった……よく、わたしを見つけてくれましたね」

タロの白い毛は、ほんの少しの血と、土埃で汚れていた。伊千瑠が頭を撫でてやると、タロは気持ちよさそうに目を細める。

「燐は、どこですか。燐はどうなりましたか。湖から上がって来ましたか？」

伊千瑠はきょろきょろと辺りを見回したが、燐の姿は近くになかった。タロひとりでここまで来たようだ。

タロは伊千瑠の問いに「くぅ……」と寂しげに鳴いて答えた。言葉はわからなくてもタロの言っていることが伝わり、伊千瑠は我慢していた涙をとうとう零した。

しばらく泣いて、泣き疲れたところで、顔を上げる。タロが伊千瑠の頬をざりざりと舐めてからどこかへ向かって歩き出したので、伊千瑠は刀と風呂敷を手に持ち、慌てて白い尻尾を追いかけた。

少し行くと、崖の下に小さな洞穴を見つけた。伊千瑠はタロと共にその奥へ身を隠した。

壁際に腰を下ろし、ほう、と息を吐き出すと、途端に手足が重くなる。発熱したときのような気怠さに覆われ、頭を上げていることすら億劫《おっくう》になり、立てた膝に顔を埋めた。

これからのことなど何ひとつ考えられなかった。絶望と後悔しかない。きっともう、現世へ帰ることはできないのだ。異世界の幽世で、自分の居所もわからず、移動手段も潰《つい》え、そして……燐を失った。伊千瑠に残された未来は、この場所で力尽きるか、恐ろしいあやかしに見つかり喰われるか。

(鬼に、会いたかっただけなのに)

ただそれだけだったのに。

「こんなことに、なるなんて」

擦り傷の乾いた血がひび割れ、じくりじくりと痛み出した。

恐怖の中でも手放さなかった刀と風呂敷を胸に抱き締める。腕で囲んだ自分だけの小さな世界の中で、伊千瑠はもう一度空虚に泣いた。

第四話

常しえの恋唄

因幡の家を出て丸一日、弥琴たちは燐の足取りが途絶えた地へと辿り着こうとしていた。

「あ！　火柄さん、湖がありましたよ！」

弥琴は一反木綿から身を乗り出す。森の中、ぽかりと空いた空間に大きな湖が見えていた。あれが因幡の言っていた龍の棲む湖だろう。そして火柄の鬼火が消えた場所でもある。

「火柄さん？」

振り向くと、火柄は顔をしかめて鼻を押さえていた。視線は湖へと向いている。

「臭ぇ……鼻が曲がりそうだ」

「臭い？　別に臭いなんてしませんけど。なんの臭いですか」

「水だ」

「火柄さん、そこまで水が苦手だったんですか」

弥琴を助けに川辺まで来たときは、このような素振りは見せていなかったが。

「いや、この辺りは異様に水の臭いが濃いんだよ」

「それって……」

「なんかいるな、あの湖。ここいら一帯そいつの縄張りってことだ」

火柄の指示で湖のそばの森へと下りる。

浮き島もない、広い静かな湖だった。少し離れたここからでも、湖面の穏やかさが見て取れる。

「綺麗な湖ですね」

「何がだ。クソみてぇなとこだぜ」

弥琴は何も感じない。が、火柄は相当水の臭いにやられているのか、鼻の頭に深い皺を刻んでいた。

「火柄さん、大丈夫ですか」

「大丈夫に見えてんのかてめえには」

「いえ……あの、わたしとジロで湖の様子を見てきますから、火柄さんはここにいてください」

こんな状態では湖に近づくのは大変だろうと思ったのだが、火柄は首を横に振る。

「おれも行く。燐がいるかもしれねえだろ」

「無理しないでください。燐さんがいたら、すぐ呼びますから」

「うるせえな。そもそも、あそこに何かがいるのは確実なんだよ。そいつが現れたとしてめえと犬コロだけで対処できるのか」

弥琴は口を噤んだ。確かに、燐が太刀打ちできなかったかもしれないあやかしがいる可能性があるのだ。

だからこそ火柄には安全な場所にいてほしいという気持ちもあるが。

「わかりました。一緒に行きましょう」

弥琴は火柄と共に湖に向かった。

近くで見ても、やはり綺麗な湖だった。湖面は波立たず静穏で、水は驚くほど青く透き通っている。ほとりに近い浅瀬は水底の砂利まで見えるが、すぐに水深が深くなるのか、奥が真っ暗で底が見通せなくなっていた。

「燐さんたち、いませんね」

「ああ……」

弥琴は湖を見ながら、知らず鳥肌を浮かべていた。

綺麗だが、妙に底気味悪い場所だ。暗い湖底も不気味だし、何よりこれほど大きな湖なのに、生き物の気配がまったくしない。

「本当に龍がいたりするんでしょうか」

「馬鹿、いるわけねえだろ。龍が棲むってのは単なるホラ話だ」

「火柄さんは、やっぱり龍はいないと思ってるんですか？」

「そうじゃねえ……神にも近いといわれる龍が、こんな生臭ぇ腐った臭いさせるわけねえって言ってんだよ」

そのとき、ジロの声が聞こえ揃って振り返った。やや離れた湖畔で、弥琴たちを呼ぶようにジロがこちらを見て吠えている。

そちらへ向かうと、ジロの示す場所に何かが落ちていた。

「あっ、これって」

伊千瑠の持っていた革のボストンバッグだった。口が開いており中身も散らばっている。

「伊千瑠さんの荷物……どうして」

「おい、この辺り、雑草が随分踏み潰されてる」

「何かあったんでしょうか。湖のあやかしに襲われたのかも……」

「なんかと争ったのは確かかもしれねえが、水のあやかしとは違ぇな。特段臭いが濃くなってるわけじゃねえ」

地面を見ていた火柄が、車輪のような跡を見つけた。一反木綿を呼び寄せて訊ねると、朧車の車輪の跡だと言う。燐たちを乗せた個体かどうかまではわからないが、燐たちがここにいたのはほぼ確実であった。

しかし今は誰もいない。

何か想定外のことが起き慌ててその場を離れたことは間違いなかった。

鬼火が消えた日の出来事ならばすでに数日が過ぎている。落ち着いてから荷物を取りに戻ってくることもできただろうに、そうできないほど遠くまで離れたか……身動きの取れない状況であるのか。

(伊千瑠さん、タロ……燐さん。みんな無事だといいけど)

荷物の匂いを嗅いでいたジロが、ふいに森の中へと走り出した。火柄もすぐに後を追う。

「え、あ、ちょっと！　待ってください！」

弥琴は伊千瑠の荷物を拾い集めてから、慌ててその背を追いかけた。

当然のように火柄たちとははぐれたが、火柄が木の幹にしるしを付けてくれていたおかげでなんとか迷わず進むことができた。

肺と心臓がはちきれかけた頃、ようやくふたりに追いついた。火柄は大岩の横に立っており、ジロはその下の隙間の匂いをしきりに嗅いでいた。

「はあ、はあ……やっと追いついた……おえぇ、死ぬ……」

「おい、犬コロが言うに、ここに小娘がいたらしいぞ」

「え、伊千瑠さんが……？　今は？」

「いねえ」

ジロは岩の周囲を歩き回り、地面に鼻を寄せている。そしてつと顔を上げると、高い声で遠吠えをした。

ジロの声が三度辺りに響く。

ほんの少し間を置いて、似たような声の遠吠えがどこからか返って来た。

「今の声……もしかしてタロ？」

ジロが駆け出す。弥琴は火柄と目配せし、ジロの行くほうへと向かった。

やがて植物の鬱蒼《うっそう》と茂った崖下に行き当たる。ジロが吠えると、蔦に隠れた洞穴から、ちぎれんばかりに尻尾を振ったタロが飛び出してきた。

「タロ！」

弥琴はタロを抱きとめる。

「わふぅ！」

「タロ、無事でよかった！」

少し痩せただろうか。毛並みも汚れて荒れてしまっている。だが変わらないぬくもりがあった。生きていてくれた。

「ああでも怪我してる……ちょっと待ってて」

タロの体には泥だけでなく乾いた血も付いていた。毛を掻き分けると引き裂かれたような傷を見つけた。あやかしに付けられた傷だろうか。痛かっただろう、こんな小さな体で必死に戦ったのだ。

弥琴はショルダーバッグから大蝦蟇の油を取り出し、手のひらに載せてタロに飲ませた。汚れは落ちないままでも毛の艶が蘇《よみがえ》り、体に付いた傷もあっという間に癒えてなくなった。

「あとで洗ってあげるね」

「わふっ」

タロの顔を両手で挟んで撫でていると、火柄に「おい！」と呼ばれる。

「早くこっちに来い！」

火柄は洞穴の入り口にいた。向かうと、奥で伊千瑠が倒れているのを見つけた。

「い、伊千瑠さん！」

慌てて駆け寄る。声をかけたが返事はなく、血管の透ける瞼は閉じたまま。傷だらけの肌は青白く、触れると冷えきっていた。

(でも……息はしてる)

衰弱しているが、生きていた。弥琴は伊千瑠のかさついた唇に大蝦蟇の油を少しずつ流し込んだ。こくり、と喉が一度だけ動く。

肌にじわりと赤みが戻った。細かな擦り傷もすうっと溶けるように消えていく。

胸元が深い呼吸を繰り返していた。少しの間を置いて、伊千瑠の瞼が開いた。

「伊千瑠さん。わたしがわかりますか？」

ぼんやりと宙を見ていた伊千瑠の目が、二度瞬きをしたあと弥琴を捉える。

「み、弥琴、さん……？」

「伊千瑠さん、もう大丈夫ですからね」

「どうして」

「火柄さんと一緒に足取りを追って来たんです。それより痛いところないですか？たぶん、ちゃんと治ってると思うんですけど」

伊千瑠は身を起こすと、不思議そうに自分の両腕を確かめた。目に見える傷はもうない。様子を見るに、他に痛むところもなさそうだ。

伊千瑠は丸く見開いた目でぱっと弥琴を見た。何か言おうとしたのか唇を開いたが、言葉を発するより先に、大きな瞳に涙が浮かんで落ちた。

「い、伊千瑠さん、どうしました？」

「ご、ごめんな、さい。ごめんなさい……！」

伊千瑠は声をつまらせ泣きじゃくる。弥琴は着ていた羽織を伊千瑠に掛け、震える肩をそっと抱いた。

（相当怖い思いをしたのかな。伊千瑠さんが落ち着くまで待とう）

弥琴はそう考えても、旅の道連れは違うようだ。

涙に塗《まみ》れた伊千瑠の顔を鷲摑み、火柄は、

「燐はどこだ」

と唸るように問いかけた。

伊千瑠はびくりと肩を揺らし、すぐには答えない。火柄の額に青筋が浮かび、口元から炎が漏れる。

「燐はどこにいるっつってんだよ！　答えろ！」

「火柄さん、落ち着いて。伊千瑠さんもまだ混乱してるんです」

「知ったこっちゃねえ！　いいか、全部こいつのせいなんだ。こいつの我儘のせいで今こんなことになってんだぞ！」

「それは……」

「り、燐は」

ぽつりと伊千瑠が言った。

頬は涙に濡れたまま、視線はどこでもない場所を見つめている。薬を飲ませ回復させたばかりだというのに、唇はひどく青ざめていた。

「燐は？」

「燐は……」

下瞼が歪み、伊千瑠の目にまた涙が溢れる。

外は妙に穏やかだった。蔦の隙間から、柔らかな日差しが入り込んでいた。

「燐は——死にました」

声を震わせながら、しかし確かに伊千瑠はそう言った。

弥琴は言葉を紡げなかった。何も、考えることすらできなかった。

頭の中でただ伊千瑠の言葉を繰り返す。

——燐が、死んだ。

燐が、死んだ？

「は……何言ってんだてめえ……ふざけてんなら殺すぞ」

上擦った声で火柄が言う。

「ふざけて、ません。燐が生きているなら、今わたしのそばにいるはずです」

「ふざけてんだろ！　なんなんだ、意味わかんねえこと言って！　いいからとっとと燐の居場所を吐け！」

「だから！　燐は死んだんです！」

詰め寄る火柄に、伊千瑠は声を張り上げた。

ふうふうと荒い呼吸を繰り返し、組んだ自分の指に血が滲むほど爪を食い込ませている。

「燐は、湖に棲んでいたあやかしに、水の中に引きずり込まれて……それから上がってきませんでした。もう、五日も経っています」

「湖って……んだよそれ、ふざけんな。そんでてめえだけ逃げたってわけかよ！」

「わたしに何ができたって言うんですか！　助けられるなら助けに行ったに決まってます！」

伊千瑠は顔を伏せ、声を上げて泣き出した。

狭い洞穴に泣き声が響く。しゃくり上げるたびに揺れる華奢な肩を、弥琴は見ていることしかできない。

火柄がゆらりと立ち上がった。息を吸い、吐く音が聞こえる。

弥琴が見上げると、火柄は真っ赤な瞳を光らせていた。

「……くそったれが」

「燐が、死ぬわけねえだろ」

火柄は洞穴を出て行った。弥琴が呼び止める声は届いていなかった。

「……」

弥琴は何度か深呼吸する。どれだけ息を吸って吐いても、胸のざわつきは少しも治まってはくれない。

指先が冷えていた。それでも、落ち着け、と自分に言い聞かせ、声が震えないよう口を開く。

「伊千瑠さん」

呼びかけに、間を置いてから伊千瑠は顔を上げた。びしょ濡れの顔を菜の花色の手ぬぐいで拭いてあげる。伊千瑠は素直にされるがままにしている。

「ねえ伊千瑠さん」

「……はい」

「何があったのか、話してくれますか？」

問いかけると、伊千瑠はこくりと頷いた。そして、時折声を詰まらせながらも、自分たちの身に起きたことを話し始めた。

「二週間幽世を旅しましたが、鬼の行方を知ることはできませんでした。ただ、鬼が龍を探していたという話を聞いたので、鬼の情報と共に龍についても探ることにしたのです」

弥琴は頷いた。燐の軌跡を辿る中で、弥琴たちも同じ情報を得ていた。

「因幡といううさぎのあやかしに、龍が棲むと噂される湖の話を聞きました。近辺に棲む他のあやかしにも聞き込みをしましたが、皆その噂を知っていました。実際に龍らしきものを湖で見た、というあやかしもいたくらいです。ただ、多くのあやかしは、湖は危険だから近づかない、とも言っていました」

それでも貴重な手掛かりを得られる可能性があるならと、湖へ向かうことを決め、辿り着いたという。

弥琴たちが先ほどまでいた、あの広く綺麗でどこか不気味な湖だ。

「ほとりを少し歩いていると、湖から大きなあやかしが姿を現しました。わたしは最初、龍が出たと思ったのです。ぱっと見たら龍にも見える姿をしていましたから」

伊千瑠はそこで一旦口を噤んだ。

その龍のようなあやかしこそが今の状況を作った元凶なのだろうか。伊千瑠は表情を歪めながらも、話を続ける。

「青い肌をして、耳まで口の裂けたあやかしでした。見上げるほど大きくて、上半身は人に似た形をしていましたが、下半身はウツボみたいな形で、びっしり鱗《うろこ》が生えていました。下半身のほとんどは水に浸かっていたので全身を見てはいませんが、おそらく相当大きなあやかしでしょう。腹に古い傷痕があったのを覚えています」

伊千瑠はそのあやかしが龍ではないことにはすぐに気づいた。そして、この湖に噂される龍が棲むという話は、このあやかしを龍に見間違えたことから始まったのだろうと考えた。つまり、この湖に龍はいない。用はない。そう思ったそうだが——。

「あやかしは『ミズチ』と名乗り、わたしたちに話しかけてきました。おそらく憐もわたしと同じことを考えていたのでしょうが、それでもミズチに『ここに龍が棲んでいるか』と問いました。するとミズチは、はいと答えたのです」

驚きました、と伊千瑠は言った。まさか本当に龍がいるなんて。

「ミズチは湖の底を指さして、『この奥深く、陽の光の当たらない場所に龍はいる』と言いました。深い湖底が龍の棲み処であると。ミズチもこの湖に長く棲んでいるそうで、燐は、だったらここに龍を探しに鬼が来たことがあるか、と訊ねました」

するとミズチはこう答えたという。

――ええ。あの二本角の、蛍石のような美しい瞳をした鬼ならば。

「燐はその言葉で、それがわたしたちの捜している鬼だと確信したようでした。鬼は間違いなくあの湖に龍を求めて来ていたのです。ただし、話を聞いてみれば、鬼が湖を訪ねたのは随分昔のことでしたけれど」

つまり、鬼の痕跡などすでに残ってはいなかった。

「ミズチは湖畔から離れ、『龍をお探しならどうぞ湖の中へ。ご案内します』と燐を誘いました」

今思えば、と伊千瑠は独り言つような声音で言った。最初からミズチは、燐のことしか見ていなかった、と。

「けれど燐は断りました。鬼がここにいないなら用はないと。ミズチは何か言っていましたが、燐は無視してミズチに背を向けました。その瞬間、湖面がせり上がり、水が生き物のように動いて燐の体を捕らえたのです」

そして燐は湖の中へと引き込まれてしまった。

その後、伊千瑠はタロと共に燐を捜したが見つけられず、ほとりで待つもあやかしに襲われ、命からがら逃げたのだという。それから弥琴たちが来るまで、タロと共にずっとこの洞穴で過ごしていた。

「時々、すぐ近くまで木の実を探しに行ったり、水を飲みに行ったりはしました。でも怖くて、どうしてもこの洞穴を離れられず、湖にも戻っていません」

もしも燐が湖から上がってきたら、自分を捜しに来てくれるはずだ。だが五日が経っても燐はやって来ない。もう燐は死んだのだと……自分もここで、家に帰れず死んでいくのだと思っていた。

そう、伊千瑠は語った。

「……ごめんなさい」

赤く腫れた瞼が伏せられる。

止まっていた涙が、伊千瑠の白い手の甲にぽつりと落ちた。

「こんなことになるなんて、思っていなかったんです。わたしの考えが足りなかった。ごめんなさい……ごめんなさい。ごめんなさい」

自分の身を自分で抱き締めて、小さくなって泣く少女を、弥琴は静かに見下ろしていた。

普通の子だと、弥琴は思っていた。最初は伊千瑠のことを、随分大人びた冷静な子だと感じていたが、なんてことはない、必死に組み上げた初心《うぶ》な自尊心の下には、人前で躊躇《ちゅうちょ》なく泣くような普通の女の子の姿があった。

自分の行いがもたらした結果に責任を取ることもできない。泣いて、謝ることしかできない、未熟な子どもだ。

けれど伊千瑠を責める気にはなれなかった。弥琴には、伊千瑠の気持ちが痛いほどにわかってしまった。

（わたしも、覚悟が足りなかった。知らなかったから）

口先だけのつもりはなかった。自分の中では本当に覚悟を決めていたのだ。けれど、あやかしの世界で生きることがどういうことなのかを、知らなかった。

どんな危険があり、それに対して自分がどれほど無力であるのかを。

そして自分がどれだけ平和な世に生きていたのかを、幽世に来てようやく思い知ったのだ。

燐や火柄、千鶴、そして鬼が、未来を思い作り上げた穏やかな地に、ずっと生きていたから。

「伊千瑠さん」

弥琴は伊千瑠の丸まった背を撫でた。弥琴よりも背が高かったはずだが、今はとても小さく見える。

「どうして、鬼に会いたいと思ったんですか？」

問いかけると、伊千瑠は顔を上げ、自分で涙を拭った。近くに置いてあった風呂敷包みを引き寄せ、結び目を解く。中には墨色の羽織が入っていた。

「これを、鬼に渡したかったのです」

洟《はな》を啜りながら伊千瑠が言った。

「……新しいものに見えますが、これは千年前に作られたものなんです。八百年草という幽世に生える植物が原材料だそうで、とても長く持つのだといいます」

その植物の名は弥琴も知っていた。付喪神の藤がくれた手ぬぐいが、その植物から紡がれた糸で織られたものだったはずだ。

「『遠くへ行く相手への無事を祈るお守り』」

藤から教わった言葉を口にすると、伊千瑠が驚いた顔をした。

「ご存じでしたか」

「つい最近ですけどね、こっちにいるお友達から教えてもらって。ほら、わたしのこの手ぬぐいも同じもので作られているんです」

「そう、なんですね。そうです。この羽織にも、同じ思いが込められています」

伊千瑠は羽織を腕の中にきつく仕舞い込む。

「わたしが、祖母の家で千鶴に関する書物を多く読んだことはお話ししましたよね」

弥琴は頷いた。

「それで千鶴さんや燐さんのことを詳しく知ったんですよね」

「はい。その書物のほとんどは後世に書かれたものでしたが、実は一冊だけ千鶴本人が書いたものがあったのです。あの紙も綺麗なままでしたから、幽世のものだったのでしょう。それは、千鶴の日記でした」

燐と共にあやかしと戦っていた頃から、幽世の門ができ、家族と共に穏やかに暮らし始めた頃までの、千鶴の生きた記録。

日記の日付はしょっちゅう飛んでいたが、千鶴の日々の要所要所での出来事や思いが、素直な言葉で綴《つづ》られていたという。

「日記には燐のこと、幽世の門のこと、そして鬼のことがよく書かれていました。それを読んで、わたしは千鶴がどれだけ鬼のことを愛していたかを知ったのです」

「わたしも、燐さんに聞いたことがあります。離れて生きることを選んだあとも、千鶴さんはずっと鬼のことを思っていたと」

「そうです。千鶴はそれほど鬼のことが好きだったから、離れ離れになっても変わらない思いを誓って、この羽織を鬼のために仕立てました。鬼に贈るために」

「え、でも……」

羽織は今ここにある。伊千瑠が持って来たものならば、つまりずっと現世にあったのだろう。鬼の手には渡らなかったということだ。

「千鶴さんはその羽織を渡せなかったんですか？」

「違います。千鶴は出来上がった羽織を鬼に渡しに行きました。でも鬼が……受け取らなかったのです」

伊千瑠は語気を強めて言った。

せっかく泣き止んでいた目にまた涙が溜まり始める。しかし伊千瑠はもう涙を流さなかった。きつく眉を寄せ、泣くのを必死に堪えていた。

「千鶴は離れ離れになっても鬼を愛し続けるつもりだった。でも鬼はそうではなかった。鬼が自分と同じ気持ちではなかったことに、千鶴はとてもショックを受け、日記に悲しみの思いを綴っていました。そして数年が経ち、現世に平穏が訪れた頃、愛刀と共にこの羽織を猫又の又三郎に預けたのです。手元にあると悲しいけれど、自分で捨てることはとてもできないからと」

伊千瑠は一度息を吸い、ゆっくりと吐いた。淡々と語っているが、言葉に乗せきれない感情がたくさんあるのだろうことは、伊千瑠の吐き出した息の震えから伝わってきた。

「わたしにとっての千鶴は、ただの遠い祖先ではありません。あやかしが見え、他の人とは違うことに悩んでいたわたしの孤独を解消してくれた人。わたしだけじゃないって初めて思えた……思わせてくれた、特別な存在なんです」

「……」

「そんな大切な人が、どんな思いでこの羽織を縫ったのか。どんな思いで持ち帰ったのか。どれほどの愛を鬼に持ち続けていたのか。千鶴の気持ちを、鬼に会って、どうしても伝えたかった」

それこそが、伊千瑠が幽世に来た理由だった。

「……わたし、弥琴さんが人だと知ったとき、腹が立ったんです。なんで千鶴と鬼は別れなくてはいけなかったのに、同じ人とあやかしであるあなたたちは結婚して、寄り添い暮らしているのかと」

伊千瑠は、羽織に額を寄せ目を閉じた。

弥琴は少女の体を包むようにぎゅっと抱き締める。

(伊千瑠さん)

伊千瑠の思いを否定することなどできなかった。伊千瑠には伊千瑠の譲れない思いがあり、確かな覚悟があった。正しかったとは言えないかもしれない。でも、間違っていたとは言いたくない。

（こんなにか弱い女の子が、大切な人のために頑張ったんだから）

あやかしに襲われてもこの羽織は手放さなかった。伊千瑠にとって千鶴の思いは、どんなものよりも守らなければいけないものであったのだ。

「今、わたしと燐さんが共に生きられるのは、千鶴さんたちのおかげです。彼女たちが、平和な世をつくってくれたから」

「……」

「ねえ伊千瑠さん。鬼に会うのは、今は諦めてくれませんか」

身を離すと、伊千瑠が弥琴を見上げた。

「伊千瑠さんの思いも、千鶴さんの思いも大切ですが、あなたが生きて現世へ戻ることのほうがずっと大事ですから」

伊千瑠は答えなかったが、唇をきつく結ぶと、小さくこくりと頷いた。弥琴も頷き返し、立ち上がる。

「タロ、ジロ。伊千瑠さんをお願い」

「弥琴さん、どこへ？」

「タロとジロがいれば心配ありませんから。わたしは火柄さんを追いかけます」

伊千瑠の肩に手を寄せ、弥琴は一度微笑んでから洞穴を出た。

火柄は燐を捜しに湖へ戻ったはずだ。弥琴も、火柄の残した目印を頼りに湖まで走っていく。

「ぶはあっ！」

湖に到着すると、水から顔を出し湖岸へよじ登ろうとしている火柄を見つけた。弥琴は慌てて駆け寄り引っ張り上げる。

「火柄さん、大丈夫ですか！」

「げほっ……はあ、くそっ……」

仰向《あおむ》けで喘《あえ》ぐ火柄は真っ青な顔をしている。

「ちょっと、水が苦手だって言ってたのに、何無茶してるんですか！」

「はあっ……弥琴……底に、何かいる」

「この湖に棲むあやかしですか」

「おそらくな……そいつの巣がある。たぶんそこに、燐もいる」

ふたたび湖に入ろうとする火柄を、弥琴は必死に止めた。

弥琴よりずっと体温が高いはずの火柄の肌が、触れれば驚いてしまうほどに冷えている。

「もう、もういいです火柄さん。やめてください」

「うるせえ……おれに指図するんじゃねえ」

「これ以上は火柄さんが死んでしまいますよ！」

「構うもんかよ！　それともてめえは、本当に燐が死んだとでも思ってんのか！」

　血走った目が弥琴を睨んだ。

　弥琴は真っ直ぐに視線を合わせ、首を横に振る。

「いいえ。燐さんがわたしを置いて死ぬはずありません。だって約束したんですから。必ずわたしのもとへ帰ってくると」

　燐が死んだと聞かされたとき、衝撃を受けた。でも、悲しみにも絶望にも囚《とら》われることはなかった。燐の死を信じたくなかったからではない。

　燐は絶対に生きてこの場所へ――弥琴の隣へ帰って来てくれると、信じていたから。

「弥琴……」

「火柄さんはここにいてください」

　弥琴は火柄の肩に手を置いて押さえつけた。弥琴が止めるまでもなくすでに潜る体力などなかったのだろう、火柄は地面に片膝を突いた。

「ほら、ここでちゃんと体力を回復させてください。もしも火柄さんに何かあったら本当にどうしようもなくなっちゃいますから」

「じゃあ、どうすんだよ。燐は」

「わたしが連れ戻しに行きます」

火柄が目を見開いた。

何度か口を開け閉めしてから、ようやく「馬鹿が」と呟く。

「わかってんのか、てめえはただの人だぞ。底にいるあやかしを対処するどころか、水ん中じゃ息も大して続かねえくせして。何言ってんだよ、無理に決まってんだろ！」

「わかっています。それでも、行かないと」

燐が自力で戻れるのならばとっくに戻っているはずだ。そうできない状況ならば、誰かが助けに行かないといけない。

誰が、なんて、決まっている。

「弥琴さん！」

声に振り返ると、伊千瑠とタロジロが走ってこちらに向かって来ていた。

「あ、みんな、あのね」

今から燐を助けに行く、そう言おうとした弥琴に、タロとジロが二匹揃って走る勢いのまま飛びかかって来た。

「うわっ！」

どうにか足を踏ん張り受け止める。

すると、狛犬たちの体が淡く光を放ち始めた。その光は弥琴の体までをも包み込む。

「な、何これ」

「わふっ」

タロとジロが弥琴から離れても、光は弥琴を覆い続けている。柔らかく、そして温かい光だ。体の奥底から、生きる力が湧いてくるような。

「神気？　そうか、こいつら狛犬……おい、行けるぞ。神の気に包まれてる今ならおまえでも湖の底へ行ける！」

「え？」

火柄は弥琴のショルダーバッグを勝手に漁り、大蝦蟇の油を手に持たせた。

「ただし狛犬は神じゃねえから長くは持たねえはずだ。ほら、神気が消える前に早く行け！　とっとと行け！」

「わっ、は、はい！」

湖へ入っていく弥琴を伊千瑠が呼ぶ。

「弥琴さん、これを！」

伊千瑠の手には、千鶴の太刀があった。渡されたところで弥琴に刀など使えない。けれど弥琴は「お借りします」とその刀を受け取った。

「燐を連れて帰って来なかったらてめえを角煮にして今日の晩飯にしてやるから

な！」

「大丈夫です、絶対に一緒に戻ってきます。行ってきます！」

弥琴は大きく息を吸い、湖へ飛び込んだ。

深い深い湖底まで、燐を迎えに行くために。


湖の中には何もなかった。水草もなければ、小魚一匹泳いでいない。透明度の高い水のはずなのに、ほんの少し沈んだだけで太陽の光が遠くなり、周囲が薄暗くなる。神気のおかげだろうか、水の中でも視界ははっきりしており、呼吸もできた。だが水の冷たさまでは遮ることができず、体の芯に寒気が走る。

(寒い……それに、真っ暗)

湖の底は漆黒の闇に包まれていて、弥琴の目には何も見えなかった。どこまで続いているのかすらわからず、底知れない恐怖が身の内から湧きだしてくる。

(大丈夫。大丈夫。わたしなら行ける)

自分に言い聞かせ、弥琴は湖底へと向かって行く。

ふと、何かの気配を感じた。

視界はすでにほとんど利かなくなっている。が、確実に、近くに何かがいるのがわかる。

「ねえ、あなた誰？」

暗闇の中から声がした。

心臓が大きく跳ねる。

「あなたなんて私の家に呼んでいないわ。邪魔しないで」

水がごうっと音を立てうねった。あやかしの姿は見えず、流れる水の圧だけが弥琴の体を押し潰す。

恐怖で身が竦《すく》んだ。寒さのせいではない震えが止まらない。怖い。怖い。

けれど——。

「……ミズチさん、ですか」

瞑《つむ》ってしまいそうになる目を見開き、暗闇に問いかける。

「わたしは、猫又の燐の妻です。夫を迎えに来ました。燐さんを返してください」

恐怖は消せない。けれどこの先に燐がいると思えば、どれだけ怖くても向かって行ける。

燐のもとへ行くのだ。躊躇うことなどあるはずもない。

「……妻？」

ひと言声がして、水が強く流れた。

暗闇から一体のあやかしが姿を現す。青い肌に、腕の生えた人に似た上半身と、ウツボのような長い下半身を持つ、とても大きな、龍にも見間違えそうな姿。

伊千瑠の言っていたあやかし——ミズチだ。

「あの猫又の妻は私よ。あの猫又は、私の夫になったのよ。ここでね、末永くふたりきりで暮らすの」

ミズチは裂けた口をにいっと左右に持ち上げた。その仕草だけで身が強張る。弥琴は恐怖の声を漏らさないよう、必死に唇の裏を噛んだ。

「あの猫又、とても強いでしょう。私ね、ずっと強い夫が欲しかったの。随分むかぁしに龍を探しに鬼が来たことがあって、本当はその鬼を夫にしたかったのだけど……鬼は底まで来てくれたのに、龍がいないとわかると出て行ってしまって」

ミズチは自分の腹を撫でた。古い傷痕がある。鬼に付けられたものなのだろうか。

「鬼ほどじゃあないけれど、やっと理想の夫に出会えたのだから。あなたになんて渡さないわ」

ミズチの昏《くら》い蒼《あお》の目が向けられた。

弥琴は、伊千瑠から渡された刀の鞘《さや》を強く握り、大きく肩で息をした。

「燐さん！　燐さん、わたしです！　燐さん！」

「急に何、ちょっと、やめてくれないかしら」

「燐さん！」

底に向かって叫ぶが、燐からの返事はない。

「静かにして。今あのひとは眠っているのだから。もう少し……あのひとの体の熱が冷めるまで、眠っていてもらわないと」

「……燐さんはやっぱり底にいるんですね。燐さんを、返してもらいます」

「嫌よ。私のものだもの」

「燐さんは、わたしの夫です」

鞘から刀を抜いた。明かりなどすでにほとんど届いていないはずなのに、刀身は美しく銀の光を放っている。

刃にぼんやりと自分の影が映っていた。一瞬、それが違う人の顔に見えた。誰の顔かはわからないけれど。

「なあに、その刀。嫌な感じがするわ。でも……あなたに扱えるものではないわね」

ミズチはほんの一瞬顔をしかめたが、すぐに笑みを浮かべた。

(わたしに刀を振るう技量なんてないことを見抜かれてる……)

ミズチが並のあやかしではないことは確かだった。そして弥琴は並のあやかしにすら対抗する力のない弱い人間である。相対したところで勝ち目はない。それでも。

(ここで引けない。絶対に)

弥琴は鞘を無理やり帯締めに差し、両手で刀を構えた。

「燐さんを、か、返してもらいます。力尽くでも」

「あらぁ」

　ミズチが一層いやらしく笑う。

「ああ嫌だ。あなたまずそうだから、食べたくないのに」

　艶《なま》めかしい声の端が反響した。

　周囲の水が、不自然に動いた。

　目の前に立った泡がミズチの姿に重なる。瞬間――長い尾が強くしなり、弾かれたように振るわれた。

「わ、わあっ！」

　ごうっと水が掻き混ぜられ激しい流れが巻き起こる。荒れ狂ううねりの隙間、ミズチの歪んだ唇が最後に見え、弥琴は奔流に飲み込まれた。

　圧《お》し潰される。身が引き千切れそうだ。この状態では神気も意味がなく呼吸すらできない。

（苦しい……！）

　一刻も早く水流から抜け出さなければいけなかった。しかし抗《あらが》おうにも水流は容赦なく弥琴の体を巻き込んで捕らう。

（嫌だ、燐さんに会わないまま死ぬわけにはいかないのに）

肺から空気がごぼりと漏れた。手足の感覚が失《う》せ、意識が遠のきかける。

そのときだった。

――大丈夫。大きく息を吸って。目を開けて。

声が、聞こえた気がした。

ミズチの声ではない。燐の声でもない。

（……誰？）

聞いたことのない声だ。だがその声を、弥琴はなぜか疑わなかった。

息を吸うと、できなかったはずの呼吸ができる。瞼を開ければ、天地さえわからなくなっていた視界が戻ってきている。

水流は治まらず、いまだ轟々《ごうごう》と暴れ続けていたが、弥琴の体はすでにその流れに捕らわれてはいなかった。うねりの狭間《はざま》に浮いている。

偶然だろうか。いや、そんなはずない。ならば神気のおかげか。それも、違う。

（刀……）

弥琴は自分の右手を見下ろした。手には刀を持っていた。混乱の中でとっくに離してしまっていたと思っていたが、太刀は、神気に似た柔らかな熱を纏い、弥琴の手に在った。

「千鶴、さん？」

口にした名は、はるか昔にこの世を去った人の名だ。けれど弥琴は確信していた。すぐそばに千鶴がいる。千鶴が自分を守り、行く先を示してくれているのだと。

「千鶴さん……わたしに、力を貸してください」

右の手に左手を添える。たどたどしく柄を握る手を、包まれるような感覚がする。どうしてだろう、刀の持ち方さえ知らなかったのに、体が動く。この太刀をどう扱えばいいのかわかる。

――燐を、お願い。

轟《とどろ》く水の音の中、優しい声が確かに聞こえた。

弥琴は声に導かれるまま踏み出した。ぶ厚い流れの隙間に道が生まれる。そこを駆け抜け、目を見開いたミズチへと刃を向けた。

ミズチの体に――かつて鬼が付けた傷痕に、千鶴の太刀が振り下ろされる。

頭に、濁流のように見知らぬ景色が流れ込んだ。これは、なんだろう。

ひとりの女性が目の前にいる。弥琴にどこか雰囲気が似ている気がするが、弥琴よりも笑い方がとても上手な女性だ。

女性は弥琴に……いや違う、ここにいる、ここにいる誰かに、きっと他の誰にも見せない笑みを見せていた。彼女は、ここにいる誰かのことがとても好きなのだろう。そしてここにいる誰かもその女性を他の何よりも愛していることが、弥琴には深く伝わって来た。

(ああ、そうか、これは)

鬼の記憶だ。

目の前にいるのは燐の昔の主、千鶴であり、自分が今見ているのは、彼女の恋人であった鬼の記憶なのだ——。

いつからかふたりは愛を誓い合うようになり、千鶴のお腹にふたりの子ができた。鬼は、千鶴の懐妊を心から喜んだ。腹の子を愛しく思い、この子のために現世を平穏な地にしたいという千鶴の願いも迷うことなく受け入れた。

幽世と現世を明確に分けよう。簡単にはふたつの世を行き来できないことにしよう。我が子やその子孫が、あやかしに脅かされることのない平和な世で暮らせるように、幽世と現世、それぞれの地を守っていこう。

鬼と千鶴はふたりでそう決めた。ふたりの思いはほとんど同じであった。けれどたったひとつだけ、違っていたことがあった。

千鶴のお腹が随分と大きくなり、間もなく子が生まれてくる頃。鬼は千鶴から一着の羽織を渡された。八百年草の織物から、千鶴が手ずから縫った羽織だという。

——あなたに会うことが叶わなくても、いつまでだってあなたを思っていますから。

千鶴はそう言って羽織を差し出した。鬼は、八百年草の織物に『遠くへ行く相手への無事を祈るお守り』という意味が込められていることを知っていた。

だからこそ、受け取らなかった。

千鶴は鬼とのとわの別れを決意したのだろう。けれど鬼は違っていた。幽世の門が安定し、現世が平和となり、子が無事に成長して人の世で立派に暮らしていけるようになったら、もう一度千鶴と共に生きるつもりであったのだ。

今度こそふたりで寄り添い合って。長く、どこまでも、一緒に生きていこうと思っていた。

鬼は『人とあやかしが同じ時間を生きられる方法』を求めていた。やがて『龍の血を飲むと長い寿命を得る』という話を知り、龍を探し始めた。そしてこの湖に辿り着き、ミズチに誘われるがまま底に潜ったが、龍などどこにもいない。

鬼はミズチの体を裂き湖を離れた。幽世のどこかにいるといわれる龍を探し、旅を続けるために――。

「いいぃやああああああああああああ！」

叫び声に、弥琴ははっと意識を取り戻した。長い時間が経ったように思っていたが、実際にはミズチの体を斬り裂いた直後であった。

（今のは、鬼の記憶……鬼は、千鶴さんへの思いを失っていたわけじゃなかった）

ミズチは血を流し身悶《みもだ》えながら遠くへ逃げていく。弥琴はその隙に急いで湖の底へと向かう。

深い湖だった。真っ暗闇で、もはや自分の手さえ見ることができなかったが、ふいに、小さな淡い光を見つけた。

その光を頼りに潜っていくと、朽ちた祠のようなものがあった。その横に、仰向けに倒れた燐がいる。

「燐さん！」

祠の周囲には水がなく、空気が満ちていた。弥琴はそこに飛び込み燐に駆け寄る。

「燐さん、燐さん！　弥琴です、迎えに来ました」

必死に呼びかけるが、燐は応えない。

触れた肌は思わず手を引いてしまうほど冷えていた。瞼はぴたりと閉じられ、長い睫毛はわずかも揺れない。人形のようだ、と思い、寒気が走った。弥琴は燐の胸に耳を当てる。

息を止め、望む音だけに集中すると――ほのかだが確かに、鼓動が聞こえた。

生きている。

「ま、待っててくださいね。すぐに助けますから」

弥琴は袂に仕舞っていたペットボトルを取り出し、大蝦蟇の油を口に含んだ。燐の唇に自身の唇を合わせ、少しずつ油を移していく。

(飲んで、燐さん)

すべてを移し終え口を離した。こくりと、燐の喉元が動いたのがわかる。

あとは効果が現れてくれるのを待つしかない。弥琴は冷えた燐の手を握った。

たったの十秒が永遠にも感じた。

ぎゅっと包み込んだ燐の手に、少しずつ温もりが戻って来る。そして——。

「……弥琴?」

瞼が開き、琥珀色の瞳が弥琴を見た。弥琴は「はい」と返事をし、燐の体を抱き締める。温度が伝わり、匂いが広がる。燐の鼓動が聞こえている。

「一緒に帰りましょう、燐さん」

燐の右腕がゆっくり弥琴の背中に回った。弥琴は燐の首筋に額を擦り付け、名残惜しい気持ちで体を離す。

燐も、まだ力が入らないのだろう身を起こした。髪を掻きながら何度か瞬きをし、視線を周囲に向ける。

「屋敷、じゃ、ない。ここは……湖の底、か」

「はい。燐さん、ここに来るまでのこと覚えてますか?」

「……湖に棲むあやかしに呑まれた。それからおれは、眠っていたのか?　ああ、へまをしたようだ。くそ、あれからどれほど経った」

燐は頭を振ってから弥琴を見遣り、大きく目を見開いた。

「待て、ここがまだ湖の底なら、弥琴、なぜおまえがここにいる？」

状況を理解し困惑する燐に、弥琴は答える。

「火柄さんが、燐さんに付けていた鬼火が消えたと教えに来てくれたんです。燐さんに何か起きたんじゃないかって……燐さんを捜しに行くと言うので、わたしもどうしてもとお願いし、連れて来てもらいました」

「火柄が……」

燐は肩で大きく息をし、眉根を寄せた。

「弥琴、ここまで、幽世を旅してきたのか」

「はい、火柄さんとジロと一緒に。あ、そうだ、伊千瑠さんとタロは無事です。伊千瑠さんから、燐さんが湖のあやかしに襲われたと聞いて、この湖の底まで燐さんを迎えに来たんです」

「なぜそんな危険なことを！」

声を荒らげ、燐は弥琴の肩を摑んだ。

「湖底に来るのもそうだが、幽世を人が旅することがどれだけ危険なことかわかっているのか。現世とは違うと言ったはずだぞ」

「……燐さんのことが心配で、居ても立ってもいられなくて」

「おれのことより自分の身を案じるべきだろう。おまえの身に何かあったらどうするつもりだったんだ」

「ご、ごめんなさい。軽率だったとは思っています。危険なのは承知でしたし、実際に怖い思いもしました。燐さんがわたしのことを思って現世に置いていったのもわかっています。でも」

浅はかだったことは自分が一番よくわかっている。弥琴が無事に燐のもとまで辿り着けたのは、守ってくれる存在がいたからだ。弥琴自身には幽世で生き抜くための何もかもが足りていなかった。

けれど、たとえ今もう一度選択を迫られたとしても、現世に残る道を選びはしない。どんなときでも隣にいたい。その思いだけでここまで来たのだから。

「わたしにとっては、わたしの知らないところで燐さんが傷つくことのほうが、ずっと怖かったんです」

燐の目に、今の自分はどんな表情で映っているのだろう。なんでもいい。不細工でも、間抜け面でも、泣きそうな顔でも、その瞳に映っていられるだけでいい。

「弥琴」

燐に抱き寄せられる。柔らかな髪が頬に触れ、染みついた白檀が香る。

「すまなかった。心配をかけたな」

「燐さんが無事ならそれでいいです」

「ああ、ありがとう。まさか弥琴が迎えに来てくれるとは思ってもみなかったから、驚いてしまった」

「頑張って、ここまで来ました」

「ああ」

腕が緩み、燐が弥琴の顔を覗いた。弥琴がぎこちなく笑むと、燐も花の咲くように笑った。

手を取り合って立ち上がる。

見上げた先に光はなく、闇だけが不気味に蠢《うごめ》いている。

「弥琴、ここに辿り着くまで、湖のあやかしには見つからなかったのか」

「いえ、見つかったし、襲われました」

「何？」

「でもこの刀がわたしを助けてくれたんです」

鞘に戻した刀を燐に見せた。今は何も感じない。

「千鶴の太刀……」

「不思議なんですけど、千鶴さんの声が聞こえて、力を貸してくれたような気がして」

「……そうか。そうなのだろう。きっと、千鶴が弥琴を守ってくれたんだ」

燐が弥琴の腰を抱いた。ここは湖の底。光を見るには遥か上を目指さなければいけない。それでもいつかは空が見える場所に出る。

「行こう、弥琴」

「はい」

燐と共に、水の中へと飛び込んだ。

湖面に向かい浮上していく。タロとジロ、伊千瑠、そして火柄の待つところまで。少しずつ、少しずつ、漆黒の景色にわずかな青みが混ざり始めた。太陽の光が見えてくる。

「待ちなさぁあああい！　行かせないいいいい！」

絶叫が轟く。ごうと水がうねり、ミズチがふたたび現れた。目を吊《つ》り上げ口を大きく裂いた、悍《おぞ》ましい表情で迫って来る。

「私の夫！　絶対に絶対に逃がさない！」

弥琴は身構えた。ここは水の中だ、燐は力を発揮できない。

だが燐は、大丈夫とでも言うように弥琴を抱く手に力を込めた。

「おれは弥琴の夫だ。おまえのものではない」

「いやあああ！　いや！　あなたは私のもの！」

「聞き分けがないな。仕方ない」

燐の右手に真っ赤な炎が灯《とも》る。

「水の中だが、今のおれは、なぜだかすこぶる調子がいいんだ」

燐が右手を振るうと、炎は水中にも拘《かか》わらず大きく燃え盛った。瞬く間にミズチの体を覆い尽くす。

「いやああああああああああ！　あああああああああ！」

「今のうちだ、行くぞ弥琴」

ミズチはのたうち回り、焼かれたまま湖の底へ沈んでいく。

弥琴と燐は、それとは反対に浮上する。上へ、上へ。

光の差すほうへ——。


「っぶっはあ！」

盛大な水しぶきと共に、弥琴と燐は湖面に顔を出した。神気が切れ溺れる寸前だったがぎりぎり間に合ったようだ。

「はあっ、はあっ、おえ、死ぬ、死ぬかと思った……げほっ」

「弥琴、大丈夫か」

「大丈夫、です。げっほ、なんとか。燐さんは？」

「ああ、おれもだ。久しぶりに陽の光を浴びる」

近くの湖岸へ上がり、仰向けに倒れ込んだ。何度も肺一杯に呼吸し、濡れた前髪を搔き上げて、目を開ける。

幽世の黄金色の空が頭上に広がっていた。太陽の眩しさに目を細め、顔を燐のほうへ向けると、燐も同じように弥琴を見ていた。

「燐さん」

「なんだ」

弥琴は手を伸ばし、燐の額に張り付いた髪を除《よ》けた。

「帰ってきましたね」

「馬鹿言え。まだ幽世のど真ん中だぞ」

「違います。わたしのもとに、です」

手を伸ばせば簡単に触れられるほど近くに、帰って来てくれた。

燐さえそばにいるならば、どんな場所でも怖くなどない。

「そうだな」

今の今まで死にかけていたのに、ふたりして声を上げて笑った。

やがて、

と声が聞こえ、体を起こす。

見ると、黒雲に乗った火柄が猛烈な勢いで湖を渡って来ていた。

「火柄」

「燐！」

「燐！　無事だったかあ！」

黒雲がぱっと消え、飛んできた勢いのまま火柄が燐に飛びついた。

ぎゅうっと燐を抱き締める姿に弥琴はやや複雑な気持ちになったが、火柄もずっと燐を心配していたのだ、今だけは何も言わないでいてあげようと思う。

「燐！　よかった！　本当によかった！」

「火柄。おまえが鬼火を付けてくれていたおかげで命拾いした。助かった」

「そうだ。おまえが心配で心配で、本当はもっと早く駆けつけたかったんだが、弥琴が一緒に連れてけって我儘言うもんだから時間かかっちまった。すまねえ」

「いや、おまえがここまで連れて来てくれたと弥琴から聞いている」

「ああそうだ。おれが一生懸命世話してやったんだ。大変だったんだぜ」

「そうか……この幽世で、弥琴を守ってくれていたんだな。ありがとう」

燐が火柄の背をぽんぽんと叩いた。火柄は唐突に真顔になり、燐から身を離して、代わりに燐の両手を握る。

「燐……結婚してくれ」

「火柄さん、冗談ですよね」

「本気だ」

　さすがにこれは口出しせざるを得ない。弥琴はきっと精一杯睨むが、遥かに恐ろしい目で睨み返された。それでもどうにか負けずにいると「ああでも」と火柄のほうが先に視線を逸らす。

「燐と番う前に、ちょっくら蒲焼《かばや》き千人前作って来ねえと……」

　右腕に青い炎を纏わせ湖へ向かおうとする火柄を、燐が止めた。

「やめろ火柄、もういい」

「なんだ、おまえが殺したのか？」

「いや、水中ではさすがにおれの炎でも倒せない。だが、当分はまともに動けもしないだろうよ。だから、もういい」

　火柄は納得していないようだったが、燐の言うことを聞き炎を消した。

　唇を突き出す火柄の肩越しに、伊千瑠たちが走って来るのが見える。

「燐、弥琴さん！」

　息を切らし、弥琴たちのもとへと辿り着いた伊千瑠は、燐と弥琴を何度も見てから、安堵のため息を吐いた。

「おふたりとも、ご無事でしたか……よかった」

本心からの言葉に思えた。弥琴はちらと燐の表情を盗み見る。

弥琴の知る中では、燐は伊千瑠に対し厳しい表情しか向けていなかった。今は、大切な子どもに向けるような、優しい顔つきをしていた。

「伊千瑠、おまえも無事でよかった」

「燐……」

伊千瑠の真っ赤な目に涙が浮かび、溢れる寸前で下瞼が堰き止める。

「ごめんなさい」

伊千瑠は深く頭を下げた。垂れ下がった黒髪の隙間から、白い手がきつくスカートを握り締めていた。

(伊千瑠さん……)

初めて黄泉路横丁に来たときの伊千瑠は、燐にも弥琴にも弱みなど見せない勝気な少女だった。

今の姿は、あのとき抱いていた印象とまるで違う。この旅で変わったのだろうか。いや、きっと本当は最初から、こんなふうに素直な面もある子だったのだ。

(わたしたちが、伊千瑠さんのことを知ったんだ)

知らなかったことを多く知った旅だった。きっとまだ、知らないことのほうがずっと多いのだろうけれど。

「構わない。おれこそおまえをひとりにしてすまなかった。よく頑張ったな」

燐が微笑んだ。伊千瑠の唇が歪み、大きな目から涙が溢れた。


湖を離れ着物を乾かしている間に、一反木綿と朧車が戻って来た。

朧車は伊千瑠たちを見つけられず、かと言ってひとりで帰るわけにもいかず、森を彷徨《さまよ》い続けていたそうだ。伊千瑠たちを見るや否や、怖い顔から出すものを全部出して泣き始め、一反木綿に屋根をさすってもらっていた。

着物も乾き、朧車も泣き止んだところで、一行は旅を折り返し、帰路へと就く。


帰りの旅の途中で、弥琴は伊千瑠に鬼の記憶のことを伝えた。

鬼が羽織を受け取らなかったのは、千鶴への気持ちを失ったからではない。むしろ、千鶴のことを思い続け、別れを告げるつもりなどなかったからこそ、別れのしるしである品を貰おうとはしなかったのだと。

鬼の思いを知った伊千瑠は、もう鬼を捜すのはやめると言った。

「千鶴の思いが蔑ろにされたわけではないと知れただけで十分です。この羽織は、わたしが大切に、これからも守り続けます」

伊千瑠の決意に頷き、そして、弥琴は今も幽世のどこかにいるのだろう鬼のことを思った。

千鶴がとっくの昔にこの世を去っていることは鬼もわかっているはずだ。それでも鬼は、今も千鶴を思っているのだろうか。

今も、愛する人とふたり、同じ時を生きるため……本当に存在するかもわからない龍を、探しているのだろうか。

わからない。ただきっと、かつての思い出を胸に生きているのだろう。

人とは違う、長い、長い時を、今も、この広い幽世のどこかで。

数日かけて、現世の門のある町、伽歌の都まで辿り着いた。

長い間世話になった一反木綿と朧車に別れを告げ、今日も賑わう大通りを通り、火柄の帳場へと向かった。

「この長旅はさすがの燐もこたえたろう。どうだ、おれの屋敷で疲れが取れるまで休んでいかないか。うちにある大きな露天風呂、おまえ好きだったはずだろ」

火柄は燐と離れがたいようで、数日泊まっていけとしつこく言っていたが、燐はやんわりと首を横に振った。

「さすがにおれも屋敷を空けすぎた。すぐに戻る」

「いや、むしろこんだけ空けたんだから、あと数日くらい留守にしたたって変わんねえだろ」

「そうはいかん。おれもおまえも、管理番としての責務を果たさねば」

もちろんそう言ったところで火柄が諦めるはずもなかったが、

「近々うちに飲みに来い。歓迎する」

と燐が言うと、少し機嫌をよくし「仕方ないな」とようやく見送る姿勢に入った。

たぶん明日にでも来るだろうな、と思った弥琴の予想は当たるのだが、それはまた別のお話。

燐と弥琴、タロとジロ、伊千瑠は、真っ赤な大鳥居――現世の門を抜け、現世へと戻った。

帳場の裏玄関を開けると、横丁のあやかしたちが勢揃いしており、皆で弥琴たちの帰宅を喜んでくれた。

そして、伊千瑠が黄泉路横丁から人の世へと帰っていく。

弥琴と燐は大門まで、伊千瑠のことを見送った。

「燐、これを」

黄泉路横丁を出る直前、伊千瑠は燐に鈴を渡した。燐がかつて千鶴の孫へとあげた鈴だ。

「いいのか？」

「もうわたしには必要ありませんから。あなたにも、必要ないものでしょうけれど」

微笑む伊千瑠に、燐は苦笑いを返す。

「そうだな。少し惜しいが、処分しよう」

「燐」

と、伊千瑠が呼ぶ。

「わたしの祖先があなたに着けた首輪は、もうなくなりました。これからは飼い猫ではなく、ひとりの猫又として生きてください」

「……ああ。そうしよう」

「ふふ。きっと、わたしが言うまでもないのでしょうけれど」

伊千瑠はそれから弥琴のほうを向き、千鶴の太刀を差し出した。

「弥琴さん、この刀を貰ってくれませんか」

「え？」

思わず聞き返してしまった。伊千瑠は、こくりと頷く。

「いや、でもこれは、大事なものでは？」

「ええ。ですから、弥琴さんに託します。幽世の門の管理番の奥さんは、これからも何かと大変なことに巻き込まれるかもしれませんし。わたしよりあなたに必要だと思うのですが」

否定はできなかった。弥琴はそっと両手を出し、袋に入った太刀を受け取った。

(千鶴さんの、太刀)

湖でこの刀を抜いたとき、間違いなく不思議な力が弥琴を支えてくれた。あの力が千鶴のものであるとするならば……あのとき弥琴のそばに千鶴がいたならば、彼女も、弥琴の見た鬼の記憶を見ることができたのだろうか。

(見られていたらいいな。そうしたら、鬼の思いを、千鶴さんも知ることができたはずだから)

とても短かった、けれどとても長い、ふたりの恋の真実を。

「それじゃあ皆さん、お元気で。また遊びに来ます」

手を振り大門を抜けていく伊千瑠を、横丁のあやかし全員で見送った。

晴れやかに笑う彼女の日々には、今後も困難が待ち受けているだろう。けれど、きっと乗り越えられると思う。

あやかしの世界で大冒険した、こんな困難を乗り越えた伊千瑠ならば、もう怖いものなどないはずなのだから。

その日の晩の横丁では、燐たちの帰還祝いと称して、いつも以上に盛大な宴が繰り広げられた。

　主役である燐と弥琴も参加を強制されているが、主役が登場するまでもなく宴は始まり、そして大いに賑わっている様子だ。

「燐さん、そろそろ行かないと。迎えが来てしまいますよ」

　支度を整えた弥琴は、部屋へと燐を呼びに行った。

　燐は縁側に座り、ぼうっと庭を眺めている。着替えをし、出かける準備は済ませているようだが。

「どうしたんです？　疲れているならわたしだけで行ってきますけど」

　弥琴が声をかけると、燐は顔を上げ首を横に振った。

「ああいや、おれも行く。少し考えごとをしていただけだ」

「考えごとですか？」

「まあ、な」

　弥琴は燐の横に腰を下ろした。

　燐は一度弥琴の髪を撫で、睫毛を少しだけ伏せる。

「おれは、いつか弥琴がいなくなっても、弥琴と過ごした日々で得た幸福を抱いて、生きていけると思っている」

　弥琴は「はい」と答えた。祝言の前の日に似たような言葉を聞いている。

人とあやかしが結婚して、本当に幸せになれるかと問うた弥琴に、燐がこう返したのだ。

――思っている。おれは先のことよりも、今このときの幸福を考える。今が幸せであれば先の世にひとりになったとしても、この幸福を抱き締めて生きていける。

弥琴はそれを聞いて嬉しくなった。同時に、寂しくも感じたのだ。

愛情深いこのひとが、いつかひとりになるときを思うと、胸がぎゅうっと締めつけられ泣きそうになった。いつまでも、まだまだ続く燐の長い生涯に、常に彼の隣を歩んでくれるひとがいればと思った。

弥琴には、それができないから。弥琴の代わりに誰か、燐と共に生きてくれる相手がいればと。

「ただ」

燐が続ける。

「鬼の思いを知り、心というものは、そう上手《うま》く流るる時に馴染んではくれないのかもしれないと思ってしまった。弥琴を失っても、弥琴と過ごした日々の幸福は確かにおれを満たし続けるだろう。だが、それだけではないのかもしれない。おまえのいない日々の虚ろは、思い出だけでは、埋められないのかもしれない」

燐の瞳が弥琴を真っ直ぐに見つめた。

このひとの綺麗な瞳に自分だけが映っている。そう考えるだけで、自分が世界で一番に幸福な人間になったかのように思う。

愛しいひと。大切なひと。ずっと隣にいたい。

できるだけ長く、このひとと共に歩めたら。

「そうかもしれません。でも」

弥琴は燐の手に自分の手を重ねた。燐の指は綺麗だ。弥琴の手も、今はまだ瑞々《みずみず》しく、若さを感じる肌をしている。

(わたしは、燐さんよりもずっと早く老いてしまう)

命の長さを、速さを、変えることはできない。だからせめて、今という時間をできる限りゆっくりと、丁寧に紡いでいきたい。

「少なくとも生きている間は、わたしは絶対に燐さんのそばを離れませんから」

生きているうちに別れなければいけなかった千鶴と鬼とは違う。弥琴と燐の間には、まだ何十年と時間がある。

「人の寿命はあやかしよりもあっという間にやって来ます。でも、決して短い時間ではありません。その間で少しずつ、先のことも、ふたりで考えていきましょう」

自然と笑った。笑みを浮かべるのは苦手だったが、燐と暮らすようになって少しずつ上手くなったように思っている。

きっと、燐がとても綺麗に笑うからだ。花が綻ぶように、月が満ちるように、優しく笑いかけてくれるから。ほら、今みたいに。

「……そうだな。弥琴の言うとおりだ」

「そうです。さあ燐さん、早く行かないと。みんなが待っています」

「ああ。行こうか、弥琴」

弥琴は燐と手を繋いで、騒がしい黄泉路横丁へと繰り出した。

あやかしたちが手を振っている。ふたりを待っていた皆に手を振り返し、同じ方向へ、一歩を踏み出す。

小学館文庫

猫《ねこ》に嫁入《よめい》り
～常《とこ》しえの恋唄《こいうた》～

著者　沖田《おきた》円《えん》

二〇二二年二月九日　初版第一刷発行

発行人　石川和男
発行所　株式会社　小学館
〒一〇一-八〇〇一
東京都千代田区一ツ橋二-三-一
電話　編集〇三-三二三〇-五六一六
販売〇三-五二八一-三五五五
印刷所――――凸版印刷株式会社

この文庫の詳しい内容はインターネットで24時間ご覧になれます。
小学館公式ホームページ　http://www.shogakukan.co.jp

ISBN978-4-09-407122-1